어머나! 너무 멋지세요

어머나! 너무 멋지세요

발행일   2026년 3월 15일

지은이   최금란
펴낸이   손형국
펴낸곳   (주)북랩

출판등록   2004. 12. 1(제2012-000051호)
주소   서울특별시 금천구 가산디지털 1로 168, 우림라이온스밸리 B동 B111호, B113~115호
홈페이지   www.book.co.kr
전화번호   (02)2026-5777   팩스   (02)3159-9637

ISBN   979-11-7598-173-7 03810 (종이책)   979-11-7598-174-4 05810 (전자책)

작가 연락처 문의 ▸ ask.book.co.kr

전용 게시판에 문의를 남기시면 저자에게 직접 전달됩니다.

(주)북랩 성공출판의 파트너
북랩 홈페이지와 SNS에서 다양한 출판 솔루션을 만나 보세요!
홈페이지 book.co.kr   •   블로그 blog.naver.com/essaybook   •   출판문의 text@book.co.kr
카톡채널 북랩

어머나!
너무 멋지세요

최금란 지음

북랩

또 한 번, 책을 세상에 내놓습니다.

언젠가는 세상 살맛 나는 글을 쓰고 싶었습니다. 가슴까지 환히 뚫리는, 독자와 숨결을 주고받는 그런 글 말입니다. 수식으로 말하면 혹시 '관종적'일까요. 하지만 제 바람은 단순했습니다. 내 글이 시들지 않고, 오래도록 생명력을 지니기를 바랐을 뿐입니다.

그래서 제 글은 여전히 부끄럽습니다.

부족하나마, 내 생각 안에서 일어나는 우리의 소소한 일들을 통해 사랑과 나눔, 그리고 행복을 느끼는 인생의 여정을 살펴보고자 했습니다. 오래된 사진을 하나하나 정리하며, 글의 빈자리를 조금이나마 채우려 애썼습니다.

소박한 정성이 담긴 수필집입니다.

그 마음이 독자에게 전해지기를, 그저 정성스럽게 읽어 주시기를 바라는 마음은 과한 욕심일까요. 문득 마음에 떠오른 말이 있습니다. 과유불급(過猶不及).

살아가며 느낍니다.

피와 노력이 없이는 이 세상에 저절로 이루어지는 일은 하나도 없다는 것을요. 각자의 자리에서 성공하며 살아가면 얼마나 좋을까요. 그런데 참 이상하게도, 감사하며 사는 일은 그것보다 더 어렵게 느껴집니다.

그럼에도 제 주위에는 좋은 사람들이 참 많습니다.

☀ 따사로운 햇살처럼 나를 보듬어 주는 사람.
☽ 달처럼 은은하게 길을 밝혀 주는 사람.
★ 별처럼 나를 반짝이게 해주는 사람.

이분들은 찬란한 보석보다 더 아름답습니다. 익어 알알이 터지는 석류처럼, 요란하지 않으면서도 깊고 단단합니다. 때로는 힘들어도 다시 일어서게 해주는 사람들이 있기에, 저는 작은 일에도 행복을 느낍니다. 참으로 행복합니다.

늘 현대적인 감각을 잃지 않으면서도, 포용력과 봉사정신을 지닌 사람으로 살아가고 싶습니다.

이 책은 그동안 캐나다 한인 신문사에 실렸던 글들을 묶은 것입니다. 독자들에게 이 책이 닿기까지 자료를 정리하고 애써 주신 「밴쿠버 교육신문」·「캐나다 익스프레스」 이지은 기자님께 깊이 감사드립니다. 또한 표지 사진을 아름답게 담아 주신 김용운 사진작가님께도 고마운 마음을 전합니다.

2026년 봄
밴쿠버에서 **최금란**

축사

On behalf of the Senate of Canada, sincere congratulations to Mrs. Kum Ran Choi-Algard on the publication of her collection of essays titled 『어머나! 너무 멋지세요』

This anthology reflects more than fifty years of life, reflection, and dedication following her immigration to Canada, and stands as a meaningful contribution to the Korean Canadian community of British Columbia she has long served.

Mrs. Choi-Algard is a true pioneer. As the first female President of the Korean Society of British Columbia, she broke barriers and set a powerful example of strong leadership.

Through decades of service, including her roles as President of the Korean Society of BC and the Korean Senior Citizens Society of Greater Vancouver, she has helped lay the foundation of the vibrant community we know today, making a lasting difference in the lives of so many.

Mrs. Choi-Algard also served as President of the Korean Writers

Association - Vancouver Canada Chapter, reflecting her long-standing commitment to literature and the preservation of Korean language and culture. This association also holds a special place in my heart as my late father, Lee Sung Kim, was also a member; they shared a deep love of literature.

This publication is an extension of that dedication.

I extend my sincere congratulations and deepest respect to Mrs. Kum Ran Choi-Algard, and know that readers will be truly inspired and impacted by her special collection of essays.

The Honourable Yonah Martin
Senator of Canada
연아 마틴
캐나다 상원의원

축사

　금란 최 알가드 여사님의 에세이집 『어머나! 너무 멋지세요』 출간을 진심으로 축하드립니다.

　이번 작품은 캐나다 이민 이후 반세기가 넘는 삶의 여정 속에서 쌓아 온 경험과 성찰, 그리고 공동체를 향한 깊은 헌신이 고스란히 담긴 소중한 기록입니다. 여사님의 글은 개인의 이야기를 넘어, 브리티시컬럼비아 한인 사회의 역사와 정신을 함께 비추는 의미 있는 발자취라 할 수 있습니다.

　특히 금란 최 알가드 여사님께서는 브리티시컬럼비아 한인회의 첫 여성 회장으로서 새로운 길을 열며, 리더십의 지평을 넓히셨습니다. 이후 한인회장과 광역 밴쿠버 한인노인회 회장을 역임하시며, 세대를 아우르는 봉사와 헌신으로 오늘의 단단한 한인 공동체를 일구는 데 큰 역할을 해오셨습니다.

　또한 밴쿠버 한인문인협회 회장으로 활동하시며 한국어와 한국 문학의 가치를 지켜 오신 점 역시 깊은 존경을 표합니다. 이번에 출간하는 에세이집은 그러한 오랜 문학적 열정과 문화적 사명을 자연스럽게 이어가는 결실이라 생각합니다.

　금란 최 알가드 여사님의 삶과 글이 앞으로도 많은 이들에게 용기와 위로, 그리고 자긍심을 전해주기를 바라며, 다시 한 번 출간을 진심으로 축하드립니다.

　감사합니다

폴 최
버나비 사우스-메트로타운 주의원

Paul Choi

축사

Congratulations on the publication of your collection of essays titled, "Oh My, You're Wonderful."

Please accept my sincere congratulations on this meaningful milestone of releasing your third collection of essays, "Oh My, You're Wonderful," which brings together 49 pieces shaped by your 37 years of immigrant life in Vancouver.

To document and share such a long personal journey requires dedication, reflection, and a deep commitment to storytelling. Your decision to continue turning lived experience into writing is a gift not only to readers, but also to our broader community, as it helps preserve the many stories that make metro Vancouver the area it is today.

As the son of Korean immigrants, I recognize the significance of immigrant voices in shaping our communities. Through my own parents' experiences, I have seen the perseverance, sacrifice, and hope that often accompany starting a life in a new country. Your ongoing work stands as an important contribution to that collective story.

On behalf of our community, congratulations once again. I wish you continued success and fulfillment in the next chapter of your journey.

With warm regards.

Steve Kim
City Councillor
스티브 김
코퀴틀람 시의원

축사

    수필가 최금란 여사의 이번 수필집은 오랜 세월의 성찰과 삶의 깊이가 고스란히 담긴 귀한 결실이다. 이 책에 실린 글들은 결코 기교를 앞세운 글이 아니다. 오히려 아주 담담하고 소박한 언어로 삶의 본질을 차분히 들여다보게 한다. 그래서 더욱 진정성이 있으며, 독자의 마음에 오래 남는다.

    최 여사는 캐나다에서 여성 최초로 한인회장을 역임하며, 그 직책을 헌신적으로 수행하였다. 새로운 환경에 뿌리를 내리며 살아오는 과정에서도, 그는 언제나 조심스럽고도 성실한 태도로 공동체를 위해 힘써 왔다. 남에게 모범이 되기를 앞세우기보다는, 말없이 자신의 자리에서 책임을 다해 온 분이다.

    그의 삶은 화려하지 않지만, 무엇이든 소홀히 하지 않는 성품과 강인한 리더십, 그리고 포용력을 두루 갖추고 있다. 이러한 면모는 자연스럽게 주변 사람들의 존경을 받게 하였고, 많은 분들이 그를 따르고 신뢰하게 만들었다. 그의 글이 억지로 감동을 주려 하지 않음에도 불구하고, 읽는 이의 마음을 움직이는 이유가 바로 여기에 있다.

이 책에 담긴 글들은 삶을 깊이 들여다보게 하며, 독자에게 불필요한 부담을 주지 않는다. 오히려 조용히 곁에 앉아 이야기를 건네듯, 읽는 재미와 여운을 함께 전해준다. 이전에 발간된 『백야에 핀 그리움』과 『여보세요, 여기 캐나다예요』가 많은 사람들에게 사랑받았듯이, 이번 수필집 또한 독자들로부터 큰 공감을 얻을 것으로 기대한다.

글을 쓰는 기쁨을 개인의 성취에만 머물게 하지 않고, 사회와 나누려는 그 마음에서 저자의 인품과 삶의 철학이 다시 한 번 드러난다.

최금란 여사의 글을 읽다 보면, 독자는 자연스럽게 자신의 삶을 돌아보게 되고, 인생이란 무엇인가를 조용히 생각하게 된다. 지치고 피로한 마음에 잔잔한 위로를 건네며, 삶의 방향을 다시 가다듬게 하는 힘이 이 책에는 담겨 있다.

이 수필집을 손에 드는 순간, 독자는 분명 따뜻한 반가움과 깊은 울림을 함께 느끼게 될 것이다. 삶을 성실히 살아온 한 사람의 진솔한 기록이자, 우리 모두에게 건네는 조용한 응원의 메시지로서, 이 책을 기쁜 마음으로 추천한다.

엄태훈
세계교통학회 총회장
UBC Sauder 경영대학원 명예교수, UPS 재단 석좌교수

축사

1990년대 말 캐나다 밴쿠버로 이주해서 처음 찾은 그룹은 수석애호가의 모임이었다. 1980년대부터 활발하게 수석 수집을 해오고 있는 회원들은 동호인이 이민 왔다고 반갑게 맞아주었다. 이 모임에서 최금란 회장님을 처음 만났다.

그때 최금란 회장님은 훤칠한 키에 시원스러운 눈매를 가지고 있었다. 최금란 회장님은 밴쿠버 한인회장을 거쳤고 수석회 회원이었으며, 그 후에 안 사실이지만 돌을 끔찍이 사랑하는 회원이었다. 그 후로 20여 년간 1년에 한두 번씩은 수석 채집을 위해 록키에서 발원하는 프레이저 강을 찾았으며, 자연을 사랑하는 인성도 남달라 주위에서 헌신으로 베푸는 수필가임을 알게 되었다.

회장님의 첫 번째 수필집은 한국의 대형 서점에서 인기가 높아 캐나다 밴쿠버로 이민 오는 사람들의 지침서가 되기도 했다.

이번에 출간되는 수필집은 금란 회장님의 세 번째 수필집이며, 문학적인 향기가 가득히 담겨 있는데 수년 간 신문에 개재되었던 작품들이며, 이제 한 권의 단행본으로 빛을 보게 되었다. 최금란 회장님은 자신이 섬기는 교회에서도 신앙과 친교로 주요한 종교인이다. 수석 이외에도 여러 가지 수집 취미가 있으며, 많은 사람들에게 베푸는 일을 좋아한다.

그녀가 사는 집에는 유명한 그림과 오래된 골동품이 장식되어 있으며, 정원 한편에는 계곡이 있고 수석으로 장식된 마당이 눈길을 끈다. 아마 자연과 사람을 좋아하는 행복한 여성인 것 같다. 늘 새로운 것을 추구하고 글쓰기를 좋아하며, 정진에 정진을 거듭하여 많은 발전이 있음을 의심치 않는다.

끝으로 금란 회장님을 위한 수석시를 소개해 본다.

송요상
수필가, 시인, 「오 캐나다」 발행인

수석을 찾으며

못난 돌이 어디 있고 못 쓸 돌이 어디 있나
몇 겁을 굴러온 여울진 강가에서
눈비로 얼굴 씻으며 닳고 닳아 누웠네.

흐르는 물 벗을 삼고 해와 달의 기를 받아
눈길이 마주치면 물소리로 대답하며
긍지로 그저 묵묵히 깊은 사념 품었네.

물소리 바람소리 침묵으로 더해 가네
말하면 무엇 하리 어둠에 먹빛 되어
밤 내내 묵상을 하며 새 얼굴로 둥글어진다.

차례

✦ 1부 ✦
기억은 풍경이 된다

─────── ✦ **2부** ✦ ───────

삶을 걸으며 계절을 만나다

1부

기억은 풍경이 된다

어머나! 너무 멋지세요

웨스트밴쿠버 산등성이에 살지만 해안길을 자주 걷는다. 주말만 피하면 한적하다. 바다는 늘 푸르고 투명하다. 늦가을이면 철새들이 찾아와 이곳에서 힘을 비축한 뒤 다시 남쪽으로 날아간다. 같은 시기, 나무들이 잎을 떨구는 늦은 계절에 보라색 들국화가 해안길을 따라 애잔하게 피어난다. 꽃을 보면 문득 코끝이 찡하다.

오늘은 해안길에서 오랫동안 보지 못했던 얼굴을 만났다. 거의 1년 만이다. 연한 노란색 레인코트를 입었고, 신발이 유난히 눈길을 끈다. 화장은 진하지 않은데 얼굴에서 빛이 난다. 전에 만났을 때는 수심이 가득했다. 남편이 병환으로 고생한다고 들었다. 그런데 오늘은 어두운 모습을 찾아볼 수 없다.

"어머나! 너무 멋지세요"

어디를 꼭 집어 멋지다고 말할 수는 없지만 전체적으로 단아하

밴쿠버 〈사진작가 김용운〉

고 참 멋있다. 나이는 나보다 몇 살 아래이고, 이곳에 산 지는 내가
더 오래되었다. 오늘은 너무 반가웠다. 답례로 손을 잡고 그동안
잘 지냈는지 안부를 물었다. 차림새가 멋있다고 말하자, 나지막이
"고마워요"라고 말하며 미소를 지었다. 남편이 건강을 회복했는지,
혹은 어려운 일을 당했는지 그도 언급하지 않았고, 나 또한 묻지
않았다. 이곳에서 그런 질문은 사생활 침해에 가깝다. 캐나다 사회
에서는 상대의 나이나 직업을 묻는 것을 금기시한다.

　인생을 살면서 느낀 것은, 우리가 다른 사람을 칭찬하는 일에 무
척 인색하다는 것이다. 꼭 크고 대단한 일에만 칭찬을 해야 하는

건 아니다.

상대의 헤어스타일이 멋지다고, 새 옷이 잘 어울린다고 가볍게 말해 줄 수 있다. 찾아보면 사람과 사람 사이에 칭찬할 일이 많다.

미국의 켄 블랜차드 박사는 "칭찬은 고래도 춤추게 한다"고 했다. 그는 샌디에이고 씨월드에서 범고래 조련사들이 칭찬으로 고래를 길들이는 모습을 관찰했다. 'killer whale'이라 불리는 사나운 고래를 훈련시키는 가장 중요한 기술은 칭찬이었다. 고래가 묘기를 성공하면 어김없이 칭찬하고, 고래는 춤을 추며 좋아한다. 칭찬은 신뢰를 쌓고, 신뢰는 묘기를 가능하게 만든다. 상대가 착용한 스카프하나, 병원에 잠깐 들어왔는데도 관심을 갖고 칭찬하면 사람과 사람 사이에 따스함이 전해진다. "어머나! 너무 멋지세요."라고 칭찬해서 싫어할 사람은 없다. 상대에게 즐거움뿐 아니라 자신감과 동기를 심어 준다. 영국 속담에 "바보라도 칭찬해 주면 쓸모가 생긴다"고 했다.

최근 전설적 영화배우 오드리 헵번의 전기를 보았다. 외아들 숀(Sean)이 남들이 알지 못하는 어머니에 대해 쓴 진술한 기록이다. 특히 눈길을 끄는 것은 아프리카 대륙에서의 구호 활동이다. 그녀는 1988년 유엔 친선대사로 임명되어 에티오피아, 소말리아, 수단 등을 다니며 이들의 참혹한 상황을 세계에 알렸다. 1993년 사망할 때까지 이 일은 계속되었다. 오드리 헵번은 뛰어난 미모 못지않게 마음의 아름다움도 배웠다. 이런 사람에게 "어머나! 너무 멋지세요."라고 말할 수 있을 것이다.

넬슨 만델라는 남아연방의 인종차별 때문에 27년간 로벤 섬 감옥에서 청춘을 보냈다. 훗날 대통령이 되었을 때, 그는 자신의 청춘을 구겨 버린 백인 정치인들에게 복수를 할 수 있었다. 그러나 만델라는 정적들을 포용하여 함께 남아연방을 위해 일하게 했고 일체의 복수를 하지 않았다.

한 인간이 어떻게 그토록 대범한 정신을 가질 수 있었을까? 이런 사람에게 "어머나! 너무 멋지세요"라고 말할 수 있을 것이다.

미국은 현재 47대까지 대통령을 냈다. 그 많은 인물들 중에 국민들은 누구를 가장 존경할까? 이 질문의 대답은 비교적 간단하다. 제16대 아브라함 링컨 대통령이 압도적 1위다.

세월이 많이 흘렀지만 링컨에 대한 국민들의 지지는 식을 줄 모른다. 그의 업적 중 노예 해방, 남북전쟁의 승리 등을 대표적으로 꼽을 수 있다. 하지만 그의 치적은 그 외에도 이루 헤아릴 수 없다. 그는 정치적 견해가 다른 반대 당에도 일방적이거나 독단적인 정치를 하지 않았다. 상생의 정치를 지향했다. 뿐만 아니라 미국 대통령 중 가장 정직하고 신실한 인물로 평가되고 있다.

그는 인간적으로 무척이나 고독했다. 그리고 국내외로 큰 문제들이 밀려왔다. 그는 백악관에 골방을 만들어 놓고 늘 하나님께 기도 한 신앙의 사람이었다.

미국 사우스다코타 주에 가면 큰 바위 얼굴이 있다. 러시모어 산에 4명의 대통령이 산 정상에 조각되어 있다. 가장 왼쪽에는 조지 워싱턴 대통령 그리고 가장 오른쪽에는 링컨 대통령의 조각이 있다. 그 위용과 규모가 엄청나다. 보는 이로 하여금 압도당하게 한다.

1927년부터 1941년까지 무려 15년이 소요된 대공사였다. 이곳은 대평원 지대라 별로 유명한 관광지가 없지만 큰 바위 얼굴을 보기 위해 매년 200만 명 이상의 관광객이 찾아오고 있다. 그는 탁월한 정치인이지만 인품이나 인간성은 세계인의 존경을 받고 있다. 이런 위인에게 "어머나 너무 멋지세요"라고 말할 수 있을 것 같다.

세상에는 참 멋진 사람들이 많다. 그들이 있기에 세상은 아름답고 살 만하다. 그러나 대부분 그런 사람은 겉으로 드러내지 않고 조용히 산다. 외모의 아름다움보다 인류를 위한 휴머니즘이 더 깊은 감동을 준다.

해안길에서 만난 그녀처럼, 어두웠던 얼굴이 빛을 되찾은 사람들.

그 작은 변화 속에도 우리가 칭찬해야 할 멋진 이야기가 숨어 있다.

런던에서 열린 골든 주빌리

사람이 너무 많았다. 유명 관광지뿐만 아니라 공항이나 시내 거리엔 인산인해였다. 매년 영국을 찾았지만 이렇게 사람이 많은 광경은 처음이다. 올해 유럽은 무척이나 더웠다. 가끔 국지성 호우가 이어지면서 날씨 또한 좋지 않았다. 그럼에도 유럽은 온통 사람으로 가득한 축제장 같았다.

신문에서 전하는 오버투어리즘(overtourism), 과잉 관광이라는 말이 과장은 아니었다. 오버투어리즘은 관광지의 수용 한계를 초과하여 지나치게 많은 여행객이 찾아오면서 발생하는 사회적 문제를 의미한다. 이태리 같은 곳은 심지어 입장료를 받기도 했으나 밀려드는 관광객을 통제하기에는 역부족이다.

요즘 한국인들이 많이 찾는 크로아티아의 해변 도시 두브로브니

런던에서 가족, 지인들과 함께

크는 주민 1명당 관광객은 28명이다. 그리스의 유서 깊은 유적지 로도스 섬의 주민 1명당 관광객은 27명이다. 이태리의 베니스는 22명으로 집계되었다. 이러니 관광이나 여행이 아니라 아비규환이다. 관광 인프라가 상당히 발달한 지역이지만, 여행자를 수용할 수 있는 한계를 넘어섰다.

이런 현상을 어떤 사람들은 중국 관광객 때문이라고 말하지만, 실제로 살펴보면 그렇지만은 않다. 올해 스페인을 찾은 영국 관광객이 1천만 명을 넘었다. 그리고 프랑스인들은 700만 명이 바르셀로나 등지를 여행했다. 영국의 유명 관광 명소마다 사람이 넘쳐나고, 시내 이름난 레스토랑에는 줄을 길게 늘어선 광경을 흔히 볼 수 있다. 영국의 쇼핑 거리 등은 인산인해로 발 디딜 틈이 없었다. 앞으로 유럽 여행을 계획하는 사람은 여름을 피하는 것이 지혜로울 것 같다.

봄이나 가을이 아마 가장 좋은 계절 같다. 물론 여행을 아는 멋쟁이들은 겨울에 유럽을 즐겨 찾는다.

아들은 스탠퍼드 대학교에서 공부하고 일찍 IT 산업에 뛰어들었다. 시애틀에 본부를 두고 직원 200명을 가진 중견 회사로 키웠다. 지난 몇 년간은 유럽 시장을 개척하기 위해 영국 런던에서 지내고 있다. 이번 여름에 런던에 간 것은 올해가 골든 주빌리(Golden Jubilee), 아들이 50세 생일을 맞이했기 때문이다. 한국에서는 회갑을 크게 생각하지만, 유럽과 북미에서는 50세 생일을 가장 성대하게 기념한다. 올해는 아들뿐만 아니라 며느리도 50세가 된다. 그래서 함께 골든 주빌리를 기념했다. 가족과 친지들이 모이고 가까운 지인들이 함께하며 50회 생일을 축하했다. 생일 파티는 자택의 가든에서 저녁 7시부터 열렸다. 영국, 미국은 물론 헝가리, 스웨덴, 일본 및 한국에서 120명이 넘는 하객이 찾아와 주었다.

나는 아들과 며느리가 호랑이띠라서 호랑이 문양이 그려진 고급 접시 2개를 선물했다. 남편이 스웨덴에서 부모에게 받은 24K 금반지 다섯 돈을 아들에게 물려주었다. 전문 악단이 초청되어 새벽 2

시까지 먹고 마시고 춤추며 즐거운 시간을 보냈다. 아들네는 런던 상류층의 고급 동네에서 산다. 주변의 이웃들도 모두 초대했기 때문에 밤 늦게까지 소음을 일으킨다고 문제삼는 사람은 없었다.

골든 주빌리는 서양에만 있는 전통은 아니다. 조선의 영조(제21대 왕, 1694~1776) 때 50회 생일을 맞아서 오순 잔치인 어연, 궁정 잔치를 했다는 기록이 『승정원일기』에 나온다. 원래는 신하들이 영조에게 오순 잔치를 크게 열 것을 청했다. 영조는 흉년이 들어 백성들이 고달픈 상태인데 궁정에서 큰 잔치를 여는 것이 바람직하지 않다고 거절했다. 그러나 신하들의 요청과 대왕대비의 권유에 못 이겨 결국 축소된 오순 잔치를 허락했다. 영조대왕은 백성을 생각한 성군이셨던 것 같다.

미셸 오바마도 백악관 시절에 50회 생일을 맞이했다. 그때 500명의 지인과 함께 백악관 이스트룸에서 모여 생일잔치를 열었다. 비욘세, 폴 매카트니, 스티비 원더 등이 참석했다. 새벽 3시까지 댄스 파티가 열렸다. 테니스계의 여왕 빌리 진 킹, 농구의 살아있는 전설 마이클 조던 등도 참석했다.

골든 주빌리를 이렇게 성대하게 기념하는 것은 오래전부터 내려온 서양의 전통이다. 인생에서 50세는 가장 전성기이다. 허둥지둥 달려온 인생을 돌아볼 나이다. 그리고 앞으로 살아갈 세월을 생각하는 시점이다.

8월 말, 밴쿠버에 돌아오니 여기는 적막강산이었다. 런던과는 달리 너무 조용했다. 여름 한 철 관광객이 밴쿠버를 많이 찾는다. 그러나 유럽과 비교할 수 없이 한가했다. 그래서 사람들이 밴쿠버를 살기 좋은 곳이라고 말하는 것 같다.

K-POP 데몬 헌터스 열풍

캐나다에 살다가 한국에 나가면 모르는 언어가 많아서 아찔하다. 한국에 사는 사람은 자연스럽게 사용하지만, 도대체 무슨 말인지 이해할 수 없어서 난감하다. 최근에 '케데헌'이라는 말이 대유행이다. 신문이고 방송이고 유행처럼 사용되고 있으나 도대체 무슨 뜻인지 고개를 갸우뚱한다. 어떤 케이크 이름이나 맛있는 초콜릿 이름인가, 아니면 새로 유행하는 상표 이름인가 하고 헷갈린다.

'케데헌'은 한국의 K-POP 아이돌을 소재로 북미에서 제작된 뮤지컬 애니메이션이다. 벌써 2억 5천 명이나 시청할 정도로 공전의 히트를 기록한 대단한 작품이다. 영어 'K-POP Demon Hunters(케이팝 데몬 헌터스)'의 앞 글자만 모은 축약형이 바로 '케데헌'이다. 지금까지 헤아릴 수 없이 많은 작품이 선보였는데, 시청률로 보면 '케데헌'이 압도적이다.

'케데헌'은 미국 소니에서 제작했으며, 넷플릭스를 통해서만 볼 수 있으며, 지난달에 두 차례 1,300여 개 극장에서 맛보기로 상영했다. 모든 극장마다 매진 사태를 빚었고, 관람을 원하는 팬들의 요청이 빗발쳤다. 그러나 넷플릭스에서 멤버십 신청을 통해 많은 돈을 벌겠다고 하여 더 이상 극장에서의 상영은 하지 않고 있다.

줄거리는 비교적 간단하다. 뛰어난 케이팝 3인조 인기 걸 그룹 헌트릭스가 악령 세계에서 탄생한 보이 그룹 사자 보이스와 인기 경쟁을 벌이며, 그들의 정체를 밝히려고 인류를 위해 싸우는 애니메이션이다. 사자 보이스는 검은 갓에 검은 도포를 입은 저승사자를 모티브로 삼았다. '케데헌'의 장면마다 한국 전통문화가 짙게 깔린 독특한 작품이다. 한복, 갓, 돌하르방, 한의원, 전통 문양, 민화의 눈이 큰 호랑이 작호도, 저승사자, 전통 매듭 노리개 등 다양한 문화적 요소가 등장한다.

요즘 서울의 국립중앙박물관은 '케데헌' 덕분에 외국 관람객으로 인산인해라고 한다. 인천공항엔 구름 떼처럼 외국 관광객이 밀려오고 있다. 이들이 오는 이유는 뮤지컬의 본고장을 둘러보기 위해서다. 그들은 남산타워는 기본이고, 경복궁, 서울 지하철, 청계천을 둘러보면서 한국의 새로운 멋과 맛을 즐기고 있다. 국립중앙박물관 온라인숍은 일평균 방문자가 30만 명을 기록하고 있으며, 관련 상품이 연일 품절 사태를 빚고 있다.

'케데헌'에는 농심 컵라면이 등장한다. 농심에서 신라면 스페셜 컵라면을 한정 판매했다. 1천 세트 한정 판매는 1분 40초 만에 완

판될 정도로 큰 인기를 끌었다. 뮤지컬 내에는 주인공 루미가 김밥 한 줄을 썰지도 않고 통째로 입에 넣는 장면이 나온다. 이것을 본 떠서 전 세계적으로 김밥이 K-푸드의 새로운 아이콘으로 떠오르며, 김밥을 통째로 먹는 '김밥 챌린지' 열풍이 불고 있다.

유튜브에는 전 세계적으로 재주 많은 댄스 그룹이 직접 '케데헌'의 주제곡을 커버 곡으로 올려서 인기를 끌고 있다. 심지어 미국의 보수적인 어느 부모가 어린아이가 '케데헌' 노래에 푹 빠지면서 자제하도록 말했더니 "케데헌 못 보게 하면 부모도 아니죠"라는 말을 들었다는 얘기까지 나오고 있다. '케데헌'은 철없는 아이들만 좋아하는 것이 아니다. 「뉴욕타임스」에 의하면 아이를 둔 부모들도 함께 즐기며 기뻐하고 있다고 적고 있다. 심지어 어떤 가족은 부모와 자녀들이 함께 주제곡을 부르면서 재주를 뽐내고 있다.

이 뮤지컬을 처음 창안한 사람은 토론토 한인 매기 강(Maggie Kang)이다. 그녀는 서울에서 태어나 다섯 살 때 부모님을 따라 토론토에 이민 와서 그곳에서 자랐다. 애니메이션 학과로 유명한 온타리오의 쉐리던 대학에서 공부했으며, 후에 미국의 드림웍스(DreamWorks)에 입사하여 경험을 쌓았다.

'케데헌'은 7년 전 소니의 자금 지원을 받아 제작이 시작되었다. 매기 강은 크리스 애펄한스(Chris Appelhans)와 합동으로 본 작품을 연출했지만, 원래 오리지널 콘셉트는 매기 강의 머리와 상상력에서 나왔다. 방탄소년단(BTS) 등 세계적 인기를 얻는 K-POP의 영향을 받았다는 것은 말할 필요도 없다.

'케데헌'의 인기가 이런 추세라면 차기 아카데미상 시상식에서 여러 부문 수상이 유력하다는 얘기가 이미 나오고 있다. 연출을 맡은 매기 강, 오리지널 음악상 등은 따 놓은 당상이라고 얘기한다. 미국 빌보드에서 발표하는 음악 차트에서 '케데헌'의 주제곡들이 하나도 아니고 4곡이 10위권에 진입해 있다. 이것은 과거 BTS의 명성을 뛰어넘는 대단한 기록이다.

가장 한국적인 것이 가장 세계적이라는 말이 있다. 나는 예전부터 한국의 도자기나 그림, 민화 등을 수집해 왔다. 그땐 그런 것이 빛을 보지 못했지만 이제 세계인이 한국의 전통문화에 관심을 갖는 것이 무척 흥미롭다. 이렇게 한국 문화가 세계적으로 빛을 볼 줄을 누가 상상이나 했을까.

4대를 이어 온 꽃 사랑
- 부차드 가든

매년 1백만 명 이상이 찾는 부차드 가든은 빅토리아의 명소이며
캐나다의 자랑이다.

총 6개의 정원으로 구성된 부차드에는 1년 내내 방문객들이 찾는
다. 초봄에 크로커스가 눈 속을 뚫고 피어나면 멀지 않아 샛노란
수선화가 피어난다. 곧 이어 우아한 튤립이 자태를 뽐낸다. 5월엔
라일락, 6월부터 계절의 여왕 장미가 아름답다. 가을에 형형색색의
국화꽃이 피어나면 정원은 마치 클라이막스를 향하는 영화의 한
장면처럼 대단원의 막을 내리고 한 해를 마감한다.

프랑스 파리를 찾는 사람이 에펠탑을 꼭 봐야 하고, 샌프란시스
코에 가면 골든 게이트 브리지를 안 볼 수가 없다. 빅토리아나 밴
쿠버를 찾는 사람에게 부차드 가든은 필수 코스이다. 사람들에게
사랑받는 부차드는 2004년에 캐나다 역사 유적지로 지정되었으며,
기념 우표까지 발행될 정도로 캐나다의 대표적인 정원이다.

부처드는 북미 서부에서는 손꼽히는 대표적인 정원이다. 부차드는 사실 한 여성의 손끝에서 탄생했다. 그녀의 이름은 제니 포스터 케네디(Jennie Foster Kennedy), 토론토에서 태어나 어릴 때 부모를 잃고 일찍 고아 신세가 되었다. 그러나 마음씨 좋은 양부모를 만나 유복하게 성장했다. 그녀의 양부는 윌리엄 멀록(William Murlock) 변호사였으며, 후에 캐나다 우정상을 지냈다.

제니는 어릴 때부터 승마를 익혔고, 그림을 잘 그렸으며 공부 또한 뛰어났다. 프랑스 파리의 미술학교에서 장학금으로 공부할 수 있었으며, 그땐 이미 화학 전공 수료증을 소지한 장래가 촉망되

부차드 가든에서

는 여성이었다. 그때 스코틀랜드 이민자의 아들인 로버트 부차드 (Robert Buchart)와 결혼하면서 프랑스 유학이니 화학이니 하는 것들은 접고 말았다.

그녀의 남편은 일찍부터 온타리오에서 시멘트 공장을 세우기 위해 노력했으나 기술력 부족으로 몇 차례 실패를 했다. 그후 영국에서 기술을 전수 받아 결국 시멘트 공장을 성공적으로 운영하게 되었으며, 제니는 원료의 화학 성분을 분석하는 등 남편을 내조했다. 그후 부차드 부부는 서부에 시멘트 공장이 필요하다고 생각하고, 빅토리아로 이주하여 시멘트 공장을 운영했다.

1909년, 5년의 운영 끝에 석회석 채석장이 문을 닫게 되자, 그곳은 흉물스러운 폐허에 불과했다. 제니는 문닫은 채석장의 미화 사업의 목적으로 주변을 정리하였고, 그때부터 본격적으로 정원 조성이 시작되었다. 이번에는 영국에서 정원사를 초청하여 선컨 가든 (Sunkun Garden) 같은 것을 만들었다.

부차드 부부는 아들이 없었으며, 맏딸 제니가 해리 로스와 결혼했다. 그는 로버트 부차드의 개인 비서로 오랫동안 일했던 직원이었다. 부차드 부부가 나이 들어 여행이나 따뜻한 남쪽 지역을 자주 찾게 되면서 정원 관리는 그들의 사위 해리 로스가 맡았다. 그후 부차드 부부의 건강이 나빠지면서 1939년 스물한 살이 된 외손자 이안 로스(Ian Ross)에게 정원을 물려주었다. 당시 외손자는 맥길대학교 학생이었고, 졸업 후 토론토에서 법대에 진학할 예정이었다. 그러나 2차 세계대전이 발발했고, 이안 로스는 6년간 캐나다 해군에서 복무했다. 이 기간 동안 정원은 돌보는 사람이 없어 원래의 제 모습을 잃었으며, 찾는 이조차 거의 없었다.

이안 로스는 군복무를 마치고 토론토 대학교에서 법학을 공부하게 되었으며, 1년을 마쳤을 때 부차드 가든을 더 이상 방치할 수 없다는 현실에 직면하여 결국 학업을 포기하고 빅토리아로 왔다. 그땐 이미 시카고 출신의 앤-리 브래디와 결혼해서 딸과 아들을 키우고 있었다. 이때부터 이안 로스는 부차드 정원에 평생을 바쳐서 50년이 넘는 세월을 헌신했다.

처음 정원을 만들었을 때는 입장료를 받지 않았으나, 이안 로스는 정원 운영을 위해 관광객을 유치하면서 입장료를 받아 오늘날까지 이어졌다. 제니가 정원을 처음 시작은 했지만, 오늘날의 정원으로 탈바꿈한 것은 그녀의 손자 이안 로스였다. 각종 공연을 개최했으며, 계절에 따라 이벤트를 열어서 수익 사업을 펼쳤다. 그 후 정원은 이안 로스의 아들 크리스토퍼에게 주었으나 그가 사고로 일찍 죽자, 그의 여동생 로빈이 정원을 받게 되었다. 현재 부차드는 로빈의 아들 바나바스(Barnabas)가 소유, 운영하고 있다.

화려하고 아름다운 부차드 가든에는 이렇게 유구한 역사가 스며 있다. 4대를 이어오는 한 가족의 발자취가 각인되어 있다. 제니 부차드, 그녀는 원래 천애의 고아였으나 삶의 비극을 화려한 꽃과 숲으로 바꾼 인생의 승리자였다. 또한 그녀는 진흙 속에서 피어나는 연꽃처럼 세상을 밝게 빛내는 정원의 예술가였다.

마우이 섬의 풍경

연말연시에 딸네 가족이랑 하와이에서 휴가를 보냈다. 과거에도 여러 차례 하와이를 찾았지만 이번에 간 곳은 마우이(Maui) 섬이다. 마우이는 약 137개로 구성된 하와이의 여러 섬 중에 두 번째로 크다. 면적은 1,883제곱킬로미터. 제주도보다 약간 넓다. 제주도의 상주인구가 70만 명인 데 비해 마우이는 17만 명이다. 그러나 매년 350만 명 이상이 이곳을 찾고 있다. 하와이 호놀룰루와 달리 어디를 가도 한적했으며, 해안가를 제외하면 크게 붐비지 않았다.

캐나다 전역이 폭설과 추위로 엄동설한인 데 비해 마우이는 겨울 평균 기온이 25도 밑으로 떨어지지 않는다. 해변에는 수영하는 사람들과 서핑하는 사람들이 많다. 미국의 유명한 여행 잡지 「콘데 나스트 트래블러」가 지난 20년 연속 마우이를 미국 최고의 섬으로 꼽은 이유가 있다. 마우이 주변에는 천혜의 백사장이 이어져 있고,

가족과 휴가를 보낸 마우이 섬

상록수림으로 울창한 산과 계곡은 한여름의 멋진 풍경을 보여준다. 마우이 해안에서 펼쳐지는 석양의 아름다움은 세상 어디서도 쉽게 볼 수 없을 것이다.

우리 딸네 별장에서 5분 거리에 포시즌스 호텔이 있다. 1박 호텔비가 2,400달러를 넘지만, 겨울에는 예약이 어려울 정도로 세계인들이 찾아오는 휴양지다. 그곳에는 아마존의 제프 베이조스 회장, 토크쇼의 여왕 오프라 윈프리 등이 고급 별장을 소유하고 있다. 영화배우 클린트 이스트우드와 미국 컨트리 뮤직의 레전드 윌리 넬슨도 오랫동안 이곳 별장에서 겨울을 보내고 있다. 그 외에도 유명한 연예인들과 기업가, 정치인들이 겨울에는 마우이에서 휴가를 보낸다.

마우이 남서쪽 해안에는 특히 멋진 해안들이 많다. 빅 비치(Big beach)는 마케나 주립공원에 위치했으며, 해변의 길이가 2.5킬로미터나 된다. 특히 마우이 주변에는 혹등 고래(humpback whale)가 무리를 지어 지난다. 매년 2만 2천 마리가 유영하고 있어 세계적인 볼거리를 제공한다. 서핑으로 유명한 후키파 해안에서 혹등 고래를 보는 것은 드물지 않다. 바닷물이 따뜻한 마우이 부근에서 겨울을 보낸 혹등 고래는 5월이 되면 태평양과 대서양으로 흩어진다.

하와이는 미 본토에서 3,200킬로미터 떨어진 남태평양의 외딴섬이다. 그렇지만 미국에서 세 번째로 부유한 주에 올라 있다. 연기 나는 공장도 없고, 대규모 산업체도 없으면서 어떻게 그런 부를 누릴 수 있을까? 그것은 바로 천혜의 자연을 관광자원으로 활용하기 때문이다. 세계 각지에서 온 휴가객들이 쾌적하게 즐기기에는 더 이상 바랄 것이 없다. 각종 고급 레스토랑이 즐비하고, 세계적인 브랜드의 상품들이 상류층의 주머니를 유혹하고 있다. 관광 인프라가 너무도 완벽하게 갖추어져 있다.

섬 남쪽에 위치한 할레아칼라(Haleakala) 산은 국립공원 내에 있다. 높이가 백두산보다 높은 3,055미터이다. 정상에서 보는 일출은 장관이다. 일출을 보기 위해서는 사전에 예약을 해야 하고, 인원에 상관없이 차 1대당 1달러이다. 그러나 국립공원 입장료 30달러를 별도로 내야 한다. 공원을 자연 그대로 보존하기 위해 방문 인원을 제한한다. 예약은 2개월 전부터 가능하다.

미국의 50개 주 중에 유일하게 하와이 국기에는 영국의 유니온잭이 포함되어 있다. 이것은 바로 백인으로는 처음으로 영국인 제임스 쿡 선장이 1778년 11월에 하와이를 발견했기 때문이다. 하와이는 또한 버락 오바마가 태어난 곳이다. 그래서 미국 대통령 예비선거에서 주민의 75%가 그를 전폭적으로 지지한 곳이다. 알래스카가 전통적으로 미 공화당을 지지하는 반면에 하와이는 늘 민주당을 지지한다. 그래서 오바마 대통령의 인기는 지금도 대단하다.

한국인들은 와이키키 해안이 있는 호놀룰루를 많이 찾는다. 그곳은 오아후 섬이다. 그러나 마우이 섬은 매우 색다른 분위기를 가진 세계적 휴양지이다. 호놀룰루 지역이 인구도 많고 인공적으로 많이 개발되었지만, 마우이는 여전히 청정하다. 아직 개발되지 않은 자연 그대로의 모습을 간직하고 있다.

사람마다 지상의 낙원이 어딘지를 보는 견해가 다르다. 어떤 사람은 카리브해의 버진아일랜드라고 하고, 또 어떤 사람은 남태평양 타히티를 꼽는다. 하와이 마우이 섬도 지상의 낙원이거나 낙원에 아주 근접해 있다는 데 이견을 낼 사람은 없을 것 같다. 올겨울 가족과 함께 휴가를 보낸 마우이 섬은 지상의 파라다이스로 기억될 것이다.

수박 예찬

　예전에 밴쿠버의 여름은 그다지 무덥지 않았다. 여름에 섭씨 30도 이상 되는 날은 손에 꼽을 정도였다. 열대야 현상 같은 것은 먼 나라 얘기였다. 에어컨이 있는 집도 그렇게 많지 않았다. 한국 여행자들이 밴쿠버에 오면 여름에도 솜이불을 덮고 잤다. 그런데 몇 년 전부터 여기도 여름이 덥다. 생태계의 변화에 따른 이상 기후 때문이다. 그래서 마트에서 선풍기, 에어컨이 불티나게 팔리고 있다.

　서울의 경우 7월에 열대야가 22일이나 지속되었다. 118년 기상 관측 역사상 가장 뜨거운 7월의 기록이다. 밤낮의 평균 기온이 29도에 가까웠다. 기상학자들은 7월은 예고편에 불과하고 8월이 더 무덥다고 한다. 서울만 더운 것이 아니고 전국 어디나 불볕더위와 열대야로 신음하고 있다. 한국에 비해 이곳 여름은 그다지 덥지는 않지만, 가끔 견디기 어려운 찜통더위가 사람들을 힘들게 한다. 이러니 사람들이 만나면 날씨 얘기가 빠지지 않는다. 어떤 사람은 대형 몰에 가서 더위를 식히고, 심지어 피서 목적으로 도서관에 가는 사람도 있다.

여름 더위엔 수박보다 더 시원하게 하는 과일은 없을 것이다. 그래서 올해 마트마다 유난히 수박이 많이 팔리고 있다. 예전에 토론토에 살던 사람들이 밴쿠버에 오면 수박이 맛이 없다고 불평했다. 온타리오 주의 경우 대부분의 수박이 미국 미시건 주에서 온다.

여름이 무더우므로 모든 수박이 달고 맛있다. 밴쿠버는 날씨가 그다지 덥지 않아서 워싱턴 주에서 온 수박이 맛도 없고 상당수는 잘 익지 않았다. 올해는 다르다. 마트에서 산 수박은 대부분 잘 익고 맛도 좋다. 다행한 것은 예전에 비해 수박 가격도 무척 저렴하다.

서울의 올해 수박 가격은 보통 3만 원을 넘는다. 조금 비싼 것은 5만 원 정도이다. 여기 돈으로 환산하면 50달러이다. 여름철 폭염과 일조량 부족 등으로 생산량이 감소하면서 가격이 올랐다고 한다. 하지만 여기는 10달러 정도면 크고 맛있는 수박을 쉽게 살 수 있어서 다행이다. 밴쿠버에서 수박 한 통에 30~50달러를 지불해야 한다면 금값이라고 수박 먹는 사람이 많지 않을 것이다. 수박은 93%가 수분으로 되어 있다.

수박은 여름철 걸리기 쉬운 탈수 현상을 방지하며, 항산화 성분인 리코펜이 많이 함유되어 있다. 젊음의 과일로도 불리며, 심장병과 암 예방에도 좋고 근육 통증을 완화해 준다. 수박의 단맛이 혈당을 높여 준다고 생각하지만 그렇지 않다. 혈당을 조절하는 데 도움이 된다. 비타민 C보다는 A가 풍부하고 쉽게 소화되는 건강 과일이다.

사람들은 너무 흔한 것에 가치를 낮게 보는 경향이 있다. 쉽게 구할 수 있고 또한 저렴하기 때문이다. 최영미 시인은 수박을 '땅 위의 달', '심오함의 창고'라고 표현했다. 작가 허수경은 수박을 보면서 "아직도 둥근 것을 보면 아파요"라고 했다. "나, 수박 속에 든 저 수많은 별들을 모르던 시절, 나는 당신의 그림자만이 좋았어요"라고 노래했다.

『톰 소여의 모험』,『허클베리 핀의 모험』등을 쓴 미국 작가 마크 트웨인(Mark Twain)은 이 세상 사치품 중 수박이 으뜸이고, 과일 중의 왕이라고 했다. 수박을 맛본 사람은 천사들이 뭘 먹는지 알게 된다고 말하며 수박의 가치를 최고로 꼽았다. 그는 소년 시절에 미시시피 강변의 소도시에서 수박을 하나 훔친 일이 있다. 수박을 쌓아 놓고 농부가 파는 데 정신이 없는 사이에 수박 한 통을 훔쳐서 뒷 구석에 가서 돌멩이로 수박을 깨 보니 붉은색은 찾아볼 수 없는 풋과일이었다. 그는 배짱 좋게 설익은 수박을 들고 가서 농부에게 보이고 먹을 수 없는 수박을 팔았다고 일장 훈시를 했다. 그렇게 해서 잘 익은 수박 하나를 받아서 맛있게 먹었다. 마크 트웨인이 후에 수박 훔친 얘기를 한 것은 정직하지 못한 짓에 대한 반성이었다. 훔친 것은 나쁘나 솔직히 과거의 잘못을 시인했다는 의미에서 그는 천성이 바른 사람이었다고 평가받는다.

아직도 8월 한 달이 여름이다. 얼마나 더울지 좀 걱정된다. 하지만 수박을 먹을 수 있다면 더위 따위는 큰 문제가 아니다. 수박 한 통을 식탁에 쪼개어 놓고 남의 눈치 보지 않고 마음껏 먹을 수 있다면 삶은 행복이고, 여름은 아름답다.

타이타닉 호의 사랑

5월은 가정의 달, 거리마다 라일락꽃이 향기를 토한다. 어머니날과 어린이날이 있으니 1년 중 가장 사랑이 넘치는 계절이다.

'검은 머리 파뿌리 되도록' 서로 사랑하라는 말은 결혼식 주례사에나 있는 구시대적 공염불이다. 이혼율에 관한 한 한국도 대단하다. 특히 '황혼 이혼'이 급속히 늘고 있다. 결혼한 지 20년 이상인 부부의 이혼은 4만 건(2019년 통계)이다. 특히 30년 이상 부부의 이혼율이 가장 큰 폭으로 증가하고 있다.

1912년 4월 14일 밤 11시40분, 타이타닉 호는 캐나다 동부 뉴펀랜드 해역에서 좌초되었다. 2,224명이 승선해서1,500명이 숨졌다. 어떤 기록에는 1,600명 이상이 익사했다고 보고 있다. 인류 해난 사고 중에 가장 큰 사고로 손꼽히고 있다.

이시도로 스트라우스 씨는 지금의 독일, 바바리아 왕국에서 유대인으로 태어났다. 어릴 때 가족을 따라 미국에 이주했으며 조지아 주에 정착했다. 처음엔 미국 육사에 진학하려 했으나 남북전쟁이 일어나 그 뜻을 이루지 못하고 뉴욕에 와서 사업을 했다. 처음엔 뉴욕 번화가에서 고급 그릇을 판매했으며, 후에 형제가 함께 메이시(Macy's) 백화점을 인수하여 크게 성공했다. 후에 연방 하원으로 당선되는 등 상당히 능력 있는 인물이었다.

그는 1871년 로잘리 아이다와 결혼해 일곱 자녀를 낳았다. 겨울이면 부인과 함께 기후가 온화한 프랑스 남부에서 보냈다. 타이타닉이 첫 항해를 할 때 1등석에 승선해 미국으로 돌아오는 길에 비극을 맞았다.

배에는 구명보트가 20개, 선장은 아이들과 여자들을 우선으로 태웠다. 스트라우스 씨는 1등석 승객이기 때문에 구명보트에 탈 수 있었으나, 특혜를 받지 않겠다고 자기 대신에 다른 아이를 태웠다. 이 모습을 본 그의 부인 아이다는 구명보트에서 내렸다. 그들의 하녀 엘렌 버드를 딸이라고 주장하면서 제8호 구명보트에 승선시켰다. 뿐만 아니라 자신이 입었던 가죽 코트를 벗어서 그녀에게 주었다.

스트라우스 부부는 손을 꼭 잡고 그렇게 물속으로 사라졌다. 그들은 나이는 달라도 생일도 같은 날이고, 같은 날 삶을 마치겠다고 했다. 후에 남편의 시체는 찾았으나 부인은 찾지 못했다. 장례식은 뉴욕 카네기홀에서 거행되었으며, 2만 명이 운집했다. 브로드웨이 번화가에 스트라우스 공원과 동상이 세워졌다. 그들의 묘비에는 구약성서 아가서 8장 7절에 나오는 구절이 적혀 있다. 사랑은 '바닷물로도 끌 수 없고, 급히 치는 물살도 쓸어 갈 수 없는 것'. 또한 메이시 백화점의 5천 명 직원들이 백화점 1층에 기념 동판을 새겨 놓았다. 많은 사람들이 '삶은 아름답고 죽음은 영예로웠다'고 슬퍼했다.

헤어지는 것이 너무 일상적인 세상이 되었다. '백년해로'라는 말은 그 뜻의 의미를 잃고 말았다. 부부의 의리와 희생은 옛 전설이 되었다. 시대를 초월하여 감동을 주는 아름다운 사랑, 바로 스트라우스 부부의 사랑 이야기다. 차디찬 바다에서 두 손을 꼭 잡고 함께 죽음을 맞이했던 그 뜨거운 사랑, 오늘 우리에게 많은 것을 얘기하고 있다.

사랑의 자물쇠(밴쿠버)

연어가 노래하는 생명의 찬가

가을이 오면 BC(브리티시 컬럼비아) 주의 강물은 붉게 물든다. 단풍 때문만이 아니다. 수백만 마리의 연어가 고향으로 돌아오기 때문이다. 코퀴틀람의 호이 크릭, 포트 코퀴틀람의 하이드 크릭, 이 도시 한복판의 작은 물길에도 연어들은 어김없이 찾아온다. 하지만 진정한 장관을 보려면 BC 주 내륙 깊숙한 곳, 아담스 강(Adams River)으로 가야 한다. 올해 태평양에서 프레이저 강을 따라 돌아오는 연어는 천만 마리. 그중 이백만 마리 이상이 아담스 강을 붉게 물들인다. 지난 10년 중 최대 규모다. 아담스 강은 4년마다 한 번씩 이런 대회귀를 맞는다.

과학자들은 2026년 10월에 또 한 번의 큰 회귀가 있을 것으로 예상하고 있다. 연어는 어떻게 자신이 태어난 강을 기억하는 걸까? 학자들은 오랫동안 이 물음에 매혹되어 왔다. '모천회귀, 회귀본능, 귀소본능'이라는 이름은 붙였지만 그 신비의 본질은 여전히 베일에

싸여 있다. 일본의 한 학자는 아미노산 냄새를 따라간다고 했고, 오리건 주립대 교수는 지구 자기장(磁氣場, magnetic field)을 읽는다고 주장했다. 54년간의 프레이저 강 연구 기록이 그의 가설을 뒷받침하는 듯했지만, 결정적인 증명은 아직 없다. 어쩌면 우리는 영원히 알 수 없을지도 모른다. 고향을 향한 그 간절함의 정체를.

　과학이 설명하지 못하는 그 무엇, 본능이라 부르기엔 너무나 숭고한 그 무엇이 연어를 이끈다. 아담스 강 연어의 일생을 숫자로 풀어 보면 가슴이 먹먹해진다. 암컷 한 마리가 2천에서 4천 개의 알을 낳는다. 부화하는 치어는 900마리. 1년을 강과 호수에서 버티며

딸 애너가 밴쿠버 아일랜드에서 연어를 낚고 행복해하는 모습

자란 후 바다로 나가는 어린 연어는 250마리. 그들이 헤엄치는 길목마다 민물고기와 새들이 기다리고 있다. 태평양에서 2~3년을 살며 성어가 된 연어 중 고향으로 돌아오는 수는 9마리. 그리고 마침내 산란을 마치고 생을 다하는 연어는, 단 한 마리. 4천 개의 알에서 시작해 단 하나만이 생명의 순환을 완성한다. 이것은 잔인한 통계인가, 아니면 생명의 전략인가. 99.975%가 사라져야 0.025%가 다음 세대를 이을 수 있다는 이 냉혹한 수식 속에, 역설적으로 생명의 끈질긴 의지가 숨어 있다.

연어에게 귀향은 축제가 아니라 전쟁이다. 치어 상태에서 1주일간 프레이저 강을 따라 바다로 내려갈 때부터 위험은 시작된다. 바다가 아무리 풍요로워도, 연어는 고향을 잊지 못한다. 북미에 사는 한인들이 세월이 흘러도 한국 신문을 읽고 모국을 그리워하듯, 연어는 자신이 태어난 그 강물의 기억을 가슴에 품고 산다. 그리고 마침내 그들은 돌아온다.

모천의 귀환은 선택이 아니라 존재 이유다. 고향 회귀는 연어의 운명이다. 인간은 타향살이 서럽다고 노래하고, 고향이 그립다고 넋두리를 해도 막상 모든 것을 정리하고 귀향하는 사람은 드물다. 그러나 연어는 다르다. 어떤 유혹이 있더라도, 어떤 위험이 도사리고 있더라도 반드시 돌아간다. 이것이 연어의 숙명이고, 동시에 연어의 존엄이다. 귀향길은 한가롭거나 평화롭지 않다. 강 어귀에는 곰이 입을 벌리고 기다린다. 나무 꼭대기에서는 흰머리 독수리가 호시탐탐 노린다. 인간의 낚시와 그물이 강을 가로막는다. 이 모든 위험을 통과해야만 고향에 닿을 수 있다. 그런 처절한 여정에서 살아남는 연어는 단 한 마리에 불과하다. 하지만 그 한 마리가 있기에 연어의 역사는 계속된다.

겨울 강가에 조용히 녹아드는 대신, 그들의 시신은 다시 생명이 된다. 겨울이면 스쿼미시 브로컨데일 강 주변으로 수천 마리의 흰머리 독수리가 모여들고, 프레이저 강을 따라 곰과 독수리가 몰려드는 이유다. 연어의 사체는 그렇게 뜯기고 사라진다. 연어는 살아서도, 죽어서도 다른 생명을 먹인다. 그렇게 자신의 몸 전부를 고향에 바친다. 다른 생명에 헌신한다. BC 주는 이 처절하고 경이로운 생명의 드라마를 목격할 수 있는 지구상 유일한 곳이다.

가을날 단풍이 붉게 물드는 날, 코쿼할라 하이웨이를 달려 캄룹스를 지나 아담스 강으로 가는 길. 그곳에서 우리는 4천분의 1의 기적을 본다. 죽음을 무릅쓰고 고향으로 돌아온 생명을, 자신의 전부를 바쳐 다음 세대를 잇는 감동적인 붉은 물결을 본다.

연어의 삶과 귀소본능은 고국을 떠난 한인들의 어떤 모습을 비춘다. 태평양을 건너온 사람들. 낯선 땅에서 뿌리내리고 살아가면서도 끊임없이 고향을 그리워하는 사람들. 한국 신문을 읽고, 한국 드라마를 보고, 한국 음식을 먹으며 기억을 지키는 사람들. 하지만 연어와 우리는 다르다. 연어는 반드시 돌아가지만, 우리는 돌아가지 않는다. 아니, 돌아갈 수 없다. 아니, 돌아가지 않기로 선택한다. 우리는 이곳에 또 다른 고향을 만들며 산다. 두 개의 고향을 가슴에 품고, 두 개의 정체성 사이에서 균형을 잡으며 살아간다.

연어는 과학의 언어로 설명할 수 없는 무언가를 보여준다. 자기장 이론도, 아미노산 가설도 설명하지 못하는 것. 그것은 바로 '의미'다. 연어는 단순히 생물학적 프로그램을 수행하는 것이 아니다. 연어는 자신의 존재에 의미를 부여한다. 태어난 곳으로 돌아가 생명을 이어주고, 죽어서까지 다른 생명을 살린다. 이것은 본능 이상의 신비이다. 연어가 떠난 후 겨울 강은 다시 고요해진다.

그 강은 더 이상 예전의 강이 아니다. 연어가 가져온 영양분이 강바닥에 스며들고, 나무에 영양분을 공급하고 다시 다음 해의 생명을 키운다. 죽음이 삶이 되고, 끝이 시작이 되는 자연의 순환을 이어간다. 강은 침묵한다. 차디찬 겨울 바람이 불고, 겨울 숲에 싸락눈 내리는 소리가 들린다.

여왕의 건강법

   여왕의 갑작스러운 서거는 전 세계인들을 놀라게 했다. 비록 96세로 장수했지만 아무도 그렇게 빨리 떠날 것이라고 믿는 사람은 없었다. 엘리자베스 2세 여왕의 장례식에 세계의 주요 인물들이 모였다. 그만큼 여왕이 위대한 인물이었음을 증명하고 있다. 그는 역사의 증인이었고 격동기를 넘어 영국 왕실을 지킨 버팀목이었다. 영국의 번영을 이룬 상징적인 인물이었다.

   요즘 주변에서 장수하는 사람을 보는 것이 어렵지 않다. 2020년 통계에 의하면 한국에서 100세 이상 된 사람은 5,581명이다. 일본의 경우 100세가 넘은 노년층이 86,000명이 넘는다고 한다. 그 중 88%가 여성이 차지하고 있다. 그럴지라도 여왕의 96세는 대단한 나이이다. 1926년 4월 21일 탄생했으니 정확하게는 96세 4개월 동안 생존했다.

여왕은 살아생전에 일거수일투족이 뉴스로 전달되었다. 누굴 만났고, 어떤 행사에 참석했는지 발표되었다. 하지만 그녀의 건강한 생활 습관이나 건강 원칙 같은 것은 일반인들이 잘 알지 못하는 사항이다. 그녀는 아침 8시 30분에 아침 식사를 했다. 규칙적인 아침 식사 때문에 심장병과 당뇨병을 예방할 수 있었다고 전문의들은 보고 있다. 그녀는 아침으로 켈로그의 스페셜 K를 늘 먹었다고 한다.

여왕은 특히 개를 좋아했다. 아침 식사를 마치면 반려견과 함께 정원을 산책했다. 이렇게 개를 사랑하고 함께 산보하면서 비만이나 암, 각종 성인병을 예방할 수 있었다. 개를 키우는 사람과 그렇지 않은 사람과는 수명에 연관이 있다는 연구 논문도 발표된 적이 있다. 즉 개를 키우는 사람은 더 건강한 삶을 산다는 것이 증명되었다.

어릴 때부터 승마를 좋아했던 여왕은 하루도 빠짐없이 말을 타고 운동을 했다. 13세의 어린 나이에 첫눈에 반했던 그녀의 남편이 된 필립공은 사실 승마를 하면서 만난 사이다. 학자들은 승마가 알츠하이머 예방에 좋은 운동으로 보고 있다. 여왕은 말을 너무 좋아해서 맏아들 찰스가 결혼할 때 결혼 선물로 그녀가 아끼는 말을 주었다는 일화는 유명하다.

오후에는 반드시 차를 마셨다. 즐겨 마시던 차는 얼 그레이 (Earl Grey) 차였다. 설탕은 넣지 않았지만 약간의 우유를 첨가했다. 차를 상복하는 사람이 건강하다는 연구는 너무나 많다. 특히 검은색 얼 그레이는 건강에 도움이 되기 때문에 영국의 귀족들이 즐겨 마시는 차 종류다. 차와 함께 잼을 바른 작은 샌드위치를 곁들였다. 가끔은 아몬드 쿠키와 피스타치오를 먹었다. 또한 검은색 초콜렛을 자주 먹었다. 여름에는 딸기를 먹어도 겨울에는 결코 딸기를 먹지 않았을 정도로 제철에 난 과일과 채소를 주로 먹었다고 한다.

여왕이 공식적인 행사나 접견 때 온화하고 약간은 근엄하게 보였지만, 그녀를 옆에서 지켜본 사람들은 이구동성으로 유머 감각이 탁월했다고 기억하고 있다. 즉 사생활에서 늘 웃음이 넘쳐나는 삶을 살았음을 말해 준다. 유머나 웃음은 건강을 준다는 것은 널리 알려진 사실이다. 그녀와 대화를 나누는 사람은 웃음을 참을 수가 없을 정도로 사람들을 즐겁게 하는 재능을 가졌다고 한다.

여왕은 늘 파티에 참석하고 많은 사람을 접견했지만 오후 6시가 넘으면 절대로 음식을 먹지 않았다고 한다. 여왕의 전속 요리사였던 다렌 맥그레이디의 말에 의하면 저녁 메뉴로 꿩고기와 사슴고기를 먹었고, 생선은 특히 연어를 좋아했다고 한다. 비록 채식가는 아니지만 채소와 과일을 많이 섭취했고 탄수화물보다는 단백질을 알맞게 섭취했다고 한다. 또한 아무리 맛있는 요리가 나와도 과식을 하는 일은 거의 없었다고 한다.

구약성경 시편(90:10)에 보면 인간의 수명은 70세이며, 건강하면 80세를 산다고 했다. 여왕은 96세 넘게 살았으니 천수를 누렸다고 볼 수 있다. 여왕으로서 위엄과 권위를 지켰을 뿐만 아니라 건강하게 장수했으니 대단한 인생이다.

차 한 잔의 여유

카프리와 사르데냐 해안

7월 초 밴쿠버를 떠날 때는 시원한 여름 날씨였다. 영국 런던에 도착하니 한마디로 찜통이었다. 사면이 바다로 둘러 쌓인 영국은 시원한 바닷바람 때문에 여름에도 그렇게 덥지 않다. 하지만 올해 는 달랐다. 용광로 속에 들어온 기분이었다. 영국뿐만 아니라 유럽 전체가 여름 불볕더위에 시달리고 있었다.

가족들과 함께 이태리 여행을 떠났다. 나폴리 항에는 런던에서 살고 있는 아들의 요트가 정박 중이다. 세계 3대 미항(美港) 중 하 나로 손꼽히는 아름다운 나폴리는 세계의 관광객이 모여드는 이태 리 최고의 항구이다. 화산 폭발로 유명한 베수비오 산과 노래로 유 명한 산타루치아 항구가 이곳에 있다. 산타루치아는 원래 한적한 어촌 마을이었다. 그러나 산타루치아 노래 덕분에 지금은 주요 관 광 명소가 되었다.

세상에서 가장 아름다운 물빛을 꼽기는 쉽지 않다. 어떤 이는 그리스의 산토리니, 카리브의 진주 바하마를 꼽는다. 바다를 아는 사람은 카프리(Capri) 해안을 첫손가락에 꼽는다. 이태리의 카프리 해안은 그 이름만 들어도 가슴이 서늘해지는 감동이 밀려온다. 그렇기 때문에 유럽 최고의 신혼 여행지 중 하나로 인기가 많다. 카프리는 아주 작은 섬이다. 인구가 7,000명 정도이며, 아나나카프리 해안의 물빛은 다른 곳에서는 보기 어려운 에메랄드 색 빛깔로 영롱하다.

잊을 수 없는 가족 여행

우리 일행은 다시 지중해에서 두 번째로 큰 섬 사르데냐(Sardinia)로 향했다. 크기는 남한의 절반이나 되지만 인구는 고작 150만 명이 조금 넘는 외딴섬이다. 그런데도 고대 그리스와 로마의 유적이 가는 곳마다 즐비해서 유구한 역사와 문화를 엿볼 수 있다. 과거 정어리가 많이 잡혔기 때문에 '사르데냐'라고 부른다고 한다.

영국의 작가 D. H. 로렌스는 1921년 1월에 사르데냐에서 머문 적이 있다. 그는 아내 프리다와 함께 이 섬을 찾았다. 프리다는 독일 여성이었기 때문에 1차 세계대전 이후 독일 출신의 여성과 결혼했다는 이유로 영국 사회에서 냉대를 받았다. 그래서 로렌스는 유럽의 여러 곳을 전전하던 중에 사르데냐를 찾았다. 9일간 머물면서 그때의 경험을 여행기 형식으로 『바다와 사르데냐』를 집필했다. 그는 책에서 "이태리 사람들처럼 레몬 나무는 서로 맞닿아 몸을 비빌 때 가장 행복해 보인다"고 했다. 당시엔 큰 반응을 얻지 못했지만, 후대에는 영어로 쓴 여행기 중에 단연 최고라는 평가를 받고 있다.

칼리아리(Cagliari)는 사르데냐에서 가장 큰 항구 도시다. 상주인구는 15만 명을 넘지 않지만, 여름철에는 세계 각지에서 온 피서객으로 인해 인구가 많이 증가한다. 항구에 정박 중인 배들을 보면 이곳이 어떤 곳인지 단적으로 알려 준다. 엄청나게 호화로운 요트와 각종 레저용 선박들이 빼곡히 정박해 있다. 사람들의 옷차림과 모습을 보아도 중산층 이상이라는 느낌이 들 정도로 부유함이 묻어 있는 곳이다.

유럽의 부자들뿐만 아니라 북미에서도 많은 관광객이 대형 요트를 타고 와서 여름휴가를 즐기고 있었다. 지상의 분주함을 벗어나 머나먼 섬에서 자유를 누리고 있는 것 같았다.

섬 전체 어디를 가도 붉은 부겐빌레아 여름꽃이 만발했고, 시원한 바닷바람에 라벤더 향기가 코끝을 자극했다. 2천 킬로미터가 넘는 해안선과 수천을 헤아리는 아름다운 모래 해변, 천혜의 자연이 오롯이 남아 있었다. 세상의 온갖 소음은 아는지 모르는지 주민들은 무척이나 평화로워 보였다. 마치 수천 년 동안 바뀐 것이 하나도 없는 태고적 세상을 보여주고 있었다. 사르데냐는 지상에 남아 있는 마지막 낙원의 땅 같았다.

타샤 튜더
- 꽃과 정원의 여인

    타샤 튜더(Tasha Tudor)를 아는 이들은 대체로 두 부류의 사람들이다. 첫째는 아동문학에 심취하여 그녀의 책을 읽고, 삽화를 본 사람들이다. 타샤 튜더는 평생에 100여 권이 넘는 책을 저술하거나 삽화를 그렸다. 하지만 타샤 튜더를 더 많이 아는 사람은 그녀가 저술한 책이 아니라 그녀가 가꿨던 아름다운 꽃과 정원이며, 전원 생활에 대한 기록이다.

    타샤 튜더는 1915년 미국 보스턴에서 태어났다. 아버지는 해군에서 조선 설계사로 일했고, 어머니는 꽤 이름이 난 화가였다. 그녀의 본명은 아버지의 이름을 따서 스탈링 버제스였다. 그러나 어린 시절 톨스토이의 『전쟁과 평화』를 너무 감명 깊게 읽어서 그 주인공처럼 나타샤로 바꾸었고 후에 다시 축약형으로 '타샤'라고 했다. 또한 아홉 살에 부모가 이혼을 하면서 어머니의 성을 이어 타샤 튜더가 되었다.

　그녀는 1차 세계대전 당시 부모의 잦은 전근 때문에 주로 부모의 손에서 양육되었다. 이때 그녀는 재주 많은 부모에게서 살림의 지혜를 배우고 각종 요리와 농사일, 집안 가꾸는 법 등을 배웠다. 그리고 책을 많이 읽으면서 문학적 재질을 발견했다. 타샤 튜더는 한번은 전화기를 발명한 알렉산더 그레이엄 벨의 메릴랜드 저택을 방문했다. 그녀는 그곳에서 아름다운 장미 정원을 보고 감동을 받아 정원사가 되겠다고 결심했다.

　그녀는 23세 때 코네티컷 주에 사는 토마스 맥크리디와 결혼하여 자녀 넷을 낳았다. 남편이 뉴햄프셔 웨스트에 큰 농장을 구매했기 때문에 그곳에서 아이들을 키우면서 정원 가꾸기와 전원생활은 시작되었다. 타샤 튜더는 한편으로는 부지런히 아동문학에 몰두하여 여러 권의 책을 출판했으며, 이때 많은 책의 삽화를 담당했다. 그러나 그녀의 첫 결혼은 46세가 되던 1961년에 끝나고, 후에 다시 재혼했으나 그 결혼도 오래 가지 않았다. 이때 이미 그녀는 여러 문학상을 받은 아동문학가와 어린이책 삽화가로 이름을 알리고 있었다.

　책의 출판을 통해 경제적으로 여유를 갖게 되자, 그녀는 어릴 때부터 꿈꾸었던 미국 동북부 버몬트 주의 시골로 이주할 것을 결심했다. 그녀는 이미 그곳에 정착한 아들의 농장 옆 200에이커의 땅을 구입하여 새로 집을 짓고 정원을 조성하였다. 아들이 2년에 걸쳐 수공으로 지은 집에 1972년에 이사했다. 이때 그녀의 나이는 56세였다. 전에 살던 뉴햄프셔의 집보다는 작았지만 그녀는 그곳에 전에 살던 집 정원에서 옮겨 온 나무들을 심고, 각종 화초를 빼곡하게 장식하며 버몬트 시골 농가를 꽃과 정원의 세계로 조성하였다. 이때 이야기는 후에 영화로 만들어져 전원생활을 보여주는 여러 책들을 발행하여 큰 인기를 얻었다. 특히 일본에 소개되어 그녀의 정원을 보기 위해 많은 일본인들이 찾아오게 되었고, 후에 한국에서도 그녀의 책이 번역 출판되어 그녀의 이름이 널리 알려졌다. 『타샤의 정원』, 『즐거운 나의 집』, 『타샤 튜더의 정원』 등은 뉴햄프셔에서 버몬트 주 시골로 이사하여 정원을 새롭게 조성한 기록이다.

캐나다의 국경인 버몬트는 겨울에 기온이 영하 25도까지 떨어지는 추운 곳이다. 남부에서 서식하는 식물과 화초는 북부 지역에서 견딜 수 없었다. 그래서 그녀는 지역 특성에 맞는 강인한 식물들을 주로 재배했다. 제초제나 화학 비료를 전혀 사용하지 않았다. 매년 가을이면 정원 전체에 거름을 10센티미터 두께로 깔아 주었다. 숙성된 소의 분뇨를 주로 이용하여 화초들이 자라는 화단에 골고루 뿌렸다. 이렇게 하여 그녀의 정원은 봄과 여름 그리고 가을에 싱싱하고 건강한 꽃들이 피어났다. 정원 둘레엔 돌담을 쌓고 주택 근처에 규모가 큰 연못도 조성하여 정원이 갖추어야 할 모든 것을 갖춘 멋진 정원으로 탈바꿈했다.

타샤 튜더는 노년에도 불구하고 손수 잡초를 뽑고 나무를 심었으며, 미국 전역에서 찾아온 관광객을 맞이했다. 그리고 뉴잉글랜드를 중심으로 꽃과 정원 가꾸기에 대한 강연을 했으며, 틈틈이 수채화 등을 그려 전시회를 열었다. 이렇게 그녀는 지칠 줄 모르게 자신의 꿈과 이상을 지상에서 이루었을 뿐만 아니라, 많은 사람들에게 전원생활의 멋과 즐거움을 몸소 보여주었다.

그녀는 2008년 92세의 나이로 세상을 떠나기 전에 미국뿐만 아니라, 유럽과 아시아 각국에서 이름을 떨쳤다. 특히 그녀는 급속한 도시화의 문화 속에서 사람들이 품었던 전원에 대한 향수와 열망을 대리 만족시켜 준 인물이었다. 뉴잉글랜드의 개척 시대를 연상하는 아련한 노스탤지어와 소박하고 단순한 전원생활의 멋과 맛을 오롯이 보여준 자연주의 운동의 실천가였다. 비록 그녀는 세상을 떠났지만, 그녀가 손수 가꾼 정원과 시골집은 그녀의 정신을 이어받고 있다. 그녀의 자녀들이 어머니의 손길이 담긴 버몬트 시골에서 지금도 정원의 아름다움을 이어가고 있다.

물 한 그릇의 행복

그들은 가난한 신혼 부부였다. 보통의 경우라면, 남편이 직장으로 나가고 아내는 집에서 살림을 하겠지만, 그들은 반대였다. 남편은 실직(失職)으로 집안에 있었고, 아내는 집에서 가까운 회사를 다니고 있었다. 어느 날 아침, 쌀이 떨어져서 아내는 아침을 굶은 채로 출근했다.

점심시간이 되어서 아내가 집에 돌아와 보니, 남편은 보이지 않고, 방 안에는 신문지로 덮인 밥상이 놓여 있었다. 아내는 조용히 신문지를 걷었다. 따뜻한 밥 한 그릇과 간장 한 종지. 쌀은 어떻게 구했지만, 반찬까지는 마련할 수 없었던 모양이다. 아내는 수저를 들려고 하다가 문득 상 위에 놓인 쪽지를 보았다.

"왕후(王侯)의 밥, 걸인(乞人)의 찬… 이걸로 우선 시장기만 속여 두오."

낯익은 남편의 글씨였다. 순간, 아내는 눈물이 핑 돌았다. 왕후가
된 것보다도 행복했다.

나의 절친과 휘슬러 별장에서 행복한 날

수필가 김소운(金素雲) 선생의 『물 한 그릇의 행복』에 수록된 글이다. 요즘은 너무 현실성이 없는 아득한 과거의 얘기다. 이 풍요한 시대에 읽으면 좀 거짓말 같은 얘기 같다. 젊은 세대가 읽으면 이해가 안 된다고 말할 것 같다. 하지만 나이든 세대는 이 글이 어떤 세월을 얘기하는지 잘 알고 있다. 그땐 그랬다. 보릿고개라는 말이 있었다. 허기와 배고픔이라는 말도 일상의 언어였다. 비만이나 체중조절, 다이어트라는 말은 그 당시에는 아직 존재하지 않았던 시절이었다.

그동안 눈부신 경제 발전으로 이젠 그 누구도 먹는 것을 걱정하지는 않는다. 더 잘 먹느냐, 더 건강한 것을 섭취하느냐 등이 문제일 수는 있다. 그러나 밥 문제는 일단 해결되었다고 봐야 할 것 같다. 그렇다면 행복은 어떤가? 생활이 넉넉해졌다고 더 행복할까? 먹는 것이 해결되었다고 행복도 더 나아졌는가?

얼마 전, 신문에서 한국인의 행복지수를 읽었다. 미국의 여론조사 기관 갤럽에 따르면, 143개국을 대상으로 '세계에서 가장 행복한 나라' 순위를 조사한 결과, 한국인들의 행복감은 143개국 중 118위에 그쳤다. 한국인의 긍정적 경험지수는 100점 만점에 59점이었다. 이것은 아마도 경제력과 행복감은 크게 관계가 없다는 것을 말하는 것 같다. 청소년 자살률은 전체 OECD 국가 중 가장 높다는 것도 이것을 반증하고 있다.

나는 행복론을 주장할 만한 이론적 논리를 갖고 있지는 못하다. 어떻게 하면 행복하다고 감히 말할 위치에 있지는 않다. 하지만 어느 때부터 행복은 작은 것, 소소한 것에서 발견된다는 것을 알게 되었다. 행복하기 위해서 세상의 유명한 관광지를 찾아야 하는 것은 아니다. 값비싼 유명 의상을 입어야 하고, 비싼 보약을 먹어야 하는 것은 아닌 것 같다. 행복은 일상적인 소소한 것에서 온다는 것을 알게 될 때, 세상을 보는 눈이 달라진다. 삶을 대하는 태도가 바뀌게 된다. 삶의 순간을 감사하며, 인생의 날들이 아름답다는 것을 깨닫게 된다.

새벽에 듣는 청아한 새소리, 텃밭에서 자라는 앙증스런 푸성귀와 허브, 길섶에서 이름 없이 자라는 들꽃들의 순결한 몸짓. 세상에는 참 아름다운 게 많은 것 같다. 유난히 아름다운 밴쿠버의 여름 한 낮, 가끔 해변에 나가 물속에 발을 담그고 소녀처럼 즐거워 보고 싶다. 마치 타이티의 해변에 앉은 고갱의 여인처럼 그렇게 행복하면서 아름다운 노을을 바라보고 싶다.

잃어버린 것에 대하여

    얼마 전에 지인이 누룽지를 주셨다. 옛날에 맛보았던 누룽지 맛을 회상하면서 아주 조금씩 끓여 먹는다. 그 고소한 맛이 하루 종일 입 속에 감도는 것 같다. 예전에 어머니는 가마솥에 밥을 하시고 누룽지에 물을 부어 끓여서 숭늉을 만들어 주셨다. 겨울 아침에 후식으로 먹는 그 구수한 숭늉의 맛을 지금도 잊을 수가 없다.

    예전에 스웨덴에서 살 때 그곳엔 한인 동포들이 별로 없었다. 공부를 하러 온 유학생과 교수들, 기업체의 주재원 등이 전부였다. 어디서 한국 사람을 보면 여간 반갑지 않았다. 아무리 바쁜 길이라도 걸음을 멈추고 반갑다고 인사를 했다. 물론 한국 식품점이 별로 없었기 때문에 한국 음식을 해 먹는다는 게 녹록지 않았다. 김치 정도 담그면 그게 한국 맛의 전부인냥 기뻐했고, 어느 집에서 떡이라도 하면 한인들이 나누어 먹곤 했다. 가끔씩 한인들이 모여서 맛있게 한식을 먹으며 고향의 그리움을 달래기도 했다.

　내가 처음 밴쿠버에 왔을 때 한국인이 그렇게 많지는 않았다. 하지만 몇 곳에 조그만 한국 식품점들이 있어서 기본적인 식재료는 쉽게 구할 수 있어 여간 기쁘지 않았다. 그때와 비교하면 지금은 너무나 많이 변했다. 밴쿠버 어디를 가도 한국인을 볼 수 있다. 몇 년 전에 한국 유학생들이 많이 왔을 때는 마치 서울인가 착각할 정도로 한국인이 많았다. 밴쿠버 다운타운에서 돌멩이를 던지면 두 사람 중에 하나는 한국 학생이 맞는다는 얘기를 하기도 했다.

　지금은 그때보다는 한국 학생들이 많이 오지는 않지만, 그래도 한국 사람을 보는 것은 낯설지 않다. 또한 주변에 대형 한국 식품점이 있어서 대부분의 식재료를 쉽게 구할 수가 있다. 음식점도 많고, 한국 상품을 파는 가게들도 무척 많다. 한국 TV 방송을 마음대로 볼 수 있다. 인터넷을 통해 한국 소식을 한국과 동시에 볼 수 있다. 그렇다 보니 한인들 사이에서 고향이 그립다거나 고국에 대한 향수 얘기는 거의 들을 수 없다.

　사실 표면적으로는 그렇다 하더라도 모든 사람은 나름대로 추억이 있다. 고향에 대한 아련한 향수가 있다. 아무리 오래 외국에서 살아도, 혹은 한국이 무척이나 가까워졌다 하더라도 어린 시절의 고향이나 고국을 잊지 못한다. 어떤 것은 음식으로 오기도 하고,

어떤 것은 어릴 적 기억이나 눈에 익은 풍경으로 온다. 어떤 지인은 어릴 때 학교 앞에서 사 먹던 김이 무럭무럭 나는 찐빵 맛을 잊지 못한다고 회상했다. 친구들과 시냇가에 나가서 송사리를 잡던 여름날의 풍경이 지금도 눈에 아른거린다고 했다.

여름에 새끼줄을 타고 올라가며 꽃을 피우던 청초한 나팔꽃, 닭벼슬처럼 탐스런 맨드라미와 백일을 핀다는 백일홍, 키 작은 채송화와 풀이 자라며 노란 꽃을 피우는 키다리 꽃도 잊을 수 없는 그리운 풍경이다. 시골 초가집에서 소박하게 피어났던 하얀 박꽃과, 여름 햇살에 잘 익는 해바라기들은 아련한 추억으로 기억 속에 여전히 살아 있다. 가을의 코스모스 숲과 벼가 익어 가는 풍요한 들녘, 웃음을 자아내는 허수아비와 푸른 하늘의 고추잠자리, 시골 담장의 그 고즈넉한 풍경을 어떻게 잊겠는가.

곽재구 시인의 〈구두 한 켤레의 詩〉가 있다. 고향을 다녀온 뒤에 떠오르는 고향의 이미지를 헤아리고 있다. 이 시에서 시인은 "차례를 지내고 돌아온 구두 밑바닥에 고향의 저문 강물 소리가 묻어 있다"고 노래했다. 겨울 보리 파랗게 꽂힌 강둑, 싸리 유채 꽃밭과 고향 텃밭의 허름한 풀을 떠올리고 있다. 우리가 세련된 글을 쓰는 시인이 아니라도 우리들의 마음속에도 유년의 기억과 추억들이 오롯이 남아 있다. 그것은 세월과 함께 이제 잃어버린 것이다. 기억 속에는 살아 있으나, 실제로는 찾을 길 없는 것이다. 어쩌면 고향을 찾아가도 유년의 추억은 흔적 없이 사라져 다시 볼 수는 없을 것이다. 왜냐하면 그것은 세상에는 없고 우리의 기억 속에서 살아 있는 잃어버린 것에 대한 추억이기 때문이다.

용서에 대하여

주일 예배에서 주님의 제자교회 고영우 목사님은 설교 중에 용서에 대하여 말씀하셨다. 좋은 말씀을 들을 때도 잘 잊어버린다. 그런데 이날 말씀은 며칠이 지나도 뇌리에서 떠나지 않았다. 인생을 살아오면서 다른 사람들과 크게 원수진 일은 없다. 그래서 용서 같은 말은 나에겐 해당 사항이 아니라고 생각했다. 그러나 곰곰이 생각해 보며 나도 용서가 필요하다는 것을 알게 된다.

이러저런 연유로 많은 사람을 만난다. 사람과의 부대낌 속에 미운 정 고운 정이 생긴다. 마음이 가는 좋은 사람이 있고, 좀 미운 사람이 있기 마련이다. 어떤 때는 면전에서 싫은 속내를 보이고, 어떤 때는 아예 외면하기도 한다. 하지만 용서는 그런 사소한 것까지 포함한다.

먼저 내 자신을 향하여 용서가 필요한 것 같다. 원칙에 강한 사람일수록 자신에게 혹독하다. 늘 자신을 감시하듯 살아간다. 남들보다 더 인생을 철두철미하게 산다고 자신한다. 하지만 세상에 완벽한 인간은 없다. 내가 분노하는 다른 사람의 실수를 나도 한다는 것을 알게 되면 부끄럽다. 살면서 이런 자기 모순점에 부딪힐 때 용서가 필요하다. 자기를 용서하고 용납하는 일은 생각처럼 쉽지 않다. 남에게 너그러운 사람도 본인에게는 매우 엄격한 사람들이 많다. 완벽주의자일수록 더욱 그렇다. 그러면 인생이 힘들어진다. 이런 사람들에게 용서가 필요하다.

빅토리아 섬 여행에서 교회 친구들과 함께

'사랑', '자비', '용서' 같은 말은 교회에서 흔한 용어들이다. 곰곰이 생각해 보면 간단한 말이 아니다. 특히 '용서'는 더욱 어렵다. 주기도문에는 "우리가 우리에게 죄지은 자를 사하여 준 것 같이 우리 죄를 사하여 주시옵고"라고 했다. 다시 말하면 인간을 용서하지 않으면 하나님께 용서를 구할 수 없다. 또한 일흔 번의 일곱 번, 즉 490번까지도 용서하라고 예수님이 말씀하셨다.

세상에 의인이 없듯 용서를 완전히 실천하는 사람은 드문 것 같다. 용서하기 쉬운 사람, 용서할 만한 사람만 용서한다. 용서하기 힘든 사람은 용서하지 않거나 외면하게 된다. 이것은 진정한 의미의 용서가 아니다. 우리를 힘들게 하는 그런 사람까지도 용서할 수 있을까? 참 힘든 것 같다. 그러나 성경은 용서하라고 말씀하신다. 이번 크리스마스에는 조용히 앉아서 용서에 대하여 생각해 보고 싶다.

책방으로 이룬
아마존의 금자탑

책방을 해서 큰돈을 버는 일은 드물다. 책이 갖는 위상이 예전과 다르기 때문이다. 예전에는 골목마다 마을마다 책방이 있었지만, 지금은 찾아볼 수 없다. 그만큼 책방은 이제 사양길이다. 그런데 책방으로 시작하여 세계의 돈을 긁어 모으는 사람이 있다. 역사상 이런 부자는 없었다. 미국 아마존의 제프 베조스(Jeff Bezos) 회장에 대한 얘기다.

시애틀에 본부를 두고 있는 아마존은 지금 전 세계의 돈을 긁어 모으고 있다. 예전에 "삽대기로 돈을 모은다"는 말로 돈을 잘 번다는 표현을 썼다. 좀 더 현대적으로 "돈을 트럭으로 번다"라고도 한다. 이런 표현으로는 베조스 회장의 축재를 표현하는 데 약하다. 돈을 항공모함으로 모은다거나, 대형 유조선으로 담는다고 하는 말이 적절한 표현이다. 그가 현재 보유한 재산은 미화로 2천억 달러를 넘는다. 한국 돈으로 대충 환산하면 225조 원쯤 된다. 일반 사람들이 이런 금액을 가늠하기는 힘들다. 천문학적 숫자이기 때문이다. 그는 하루에 3억5천만 달러, 1분에 24만 달러씩 벌고 있다.

책방 주인 베조스가 어떻게 이렇게 태산 같은 재산을 모았을까? 부모가 부자였을까? 베조스 부모는 돈은커녕 끼니도 해결하기 어려운 불우한 환경에 놓여 있었다. 아버지는 고교를 졸업하고 자전거 수리점을 연 18세 틴에이저였고, 어머니는 아직 고등학교를 졸업하지 못한 17세의 사춘기였다. 덜컥 임신을 하자 부랴부랴 결혼을 했지만, 1년 남짓 지나서 둘은 이혼했다. 베조스는 아버지를 모른 채 성장했으며, 후에 그 생부도 그의 아들이 세계 최고 부자라는 사실조차 몰랐다.

후에 어머니는 쿠바 이민자와 결혼했다. 계부의 성을 따서 베조스라는 이름으로 바꾸었다. 고등학교를 우수한 성적으로 졸업한 베조스는 당시 북미 최고의 물리학과로 유명한 프린스턴 대학교에 진학했다. 하지만 공부가 어려웠다. 자신이 12시간 이상 걸려서 풀 수 있었던 양자역학 문제를 다른 친구들은 눈 깜빡할 사이에 해결하는 것을 보았다. 결국 물리학을 포기하고 전기공학 및 컴퓨터공학 2개 과정을 전공했다.

대학을 졸업하고 미국의 유수 기업에서 일하며 잠시 경험을 쌓다가 같은 프린스턴 대학교 졸업생 여자를 만나 결혼했다. 그녀는 샌프란시스코가 고향이었으며, 이미 작가로서 유명세를 얻고 있었다.

결혼한 후 베조스는 미국 동부 생활을 청산하고, 부인의 고향 근처 시애틀로 이사를 왔다. 시애틀은 풍경이 아름답고 기후가 온화하다. 특히 마이크로소프트와 같은 세계적인 컴퓨터 관련 기업들이 자리 잡고 있었다. 시애틀은 미국에서도 작가들이 많기로 유명하다.

나이 29세에 시애틀에 정착한 베조스는 워싱턴 대학교 컴퓨터 프로그래머들을 고용하여 본격적인 사업을 준비하였다. 초기 창업 자금으로 2백만 달러가 필요했다. 그의 계부는 자신의 전 재산인 30만 달러를 투자하면서 전폭적으로 지원했다.

이렇게 해서 시작한 인터넷 책방은 들녘의 불길처럼 번졌으며, 전 세계 최고의 서점으로 부상했다. 이것으로 탄력을 받게 되자 사업을 확장하여 오늘에 이르게 되었다. 베조스가 지금은 2천억 달러 부자지만 앞으로 몇 년 후에는 몇 곱절로 성장한다고 보고 있다. 지난해 이혼을 해서 아마존의 주식 25%를 위자료로 지급했다. 그렇게 해서 전 부인은 세계 최고의 여자 부자가 되었다. 재산의 엄청난 몫이 나갔지만, 워낙 사업이 호황이기 때문에 흔적도 없이 성장하고 있다.

베조스의 외할아버지는 핵물리학 및 우주 항공 과학자였다. 베조스는 어린 시절 방학이 되면 은퇴하고 작은 목장을 경영하던 시골 외할아버지 댁에 가서 보냈다. 텍사스 목장에서 울타리도 고치고, 소떼도 몰고 사료도 만들었다. 후에 그가 돈을 벌면서 외할아버지의 목장 일대를 구매해서 지금은 30만 에이커(3억6천726만 평)의 광활한 목장을 조성했다. 스탠리 공원의 300배 크기의 면적이다. 지나간 여담이지만, 아마존 창업 시 5천 달러를 투자했다면 지금은 400만 달러로 증식했다. 예로부터 작은 부자는 부지런함에서 나오고, 큰 부자는 하늘이 만든다고 했다. 베조스는 하늘이 낸 부자일까? 모든 길은 로마로 통했듯이, 지금 세계의 모든 돈이 그의 주머니로 들어가고 있다.

자두나무와 검은 곰

내 어릴 적 고향 집에는 과수나무가 많았다. 철 따라 열리는 과일이 풍성했다. 오래 전에 웨스트 밴쿠버에 와서 새로운 삶의 자락을 폈다. 정원에 여러 과일나무를 심고 싶었다. 그래서 사과나무와 자두나무를 울타리에 먼저 심었다. 그러나 브리티시 프로퍼티(British

우리 집 마당에 들어온 곰

Property) 지역에는 꽃이나 정원수는 장려해도 과일나무는 심지 않는다. 왜냐하면 산짐승, 특히 곰들이 내려와서 과일을 따먹기 때문이다. 불필요하게 인간과 곰이 충돌해서 좋은 것이 없다.

과일나무는 잘 돌보지도 않지만, 무럭무럭 자라서 해마다 과일이 열린다. 먹거리가 풍성하고 각종 과일이 흔한 곳에 살면서, 사실 집에서 자라는 과일을 자주 먹게 되지는 않는다. 탐스럽게 주렁주렁 열려서 익어 가는 모습을 보는 것만으로 행복이다.

올해도 과일이 주렁주렁 열렸다. 사과는 아직 익고 있고, 자두는 가지가 찢어질 듯이 주렁주렁 열렸다. 별로 잘 돌보지 않아도 계절 따라 꽃이 피고 과일이 익는다. 그런데 문제가 발생했다. 조용한 정원에 불청객이 들어온다. 귀여운 다람쥐나 과일에 구멍을 내는 예쁜 블루제이가 아니다. 바로 검은 곰이 들어와서 자두를 따먹는다. 가만히 들어와서 과일나무를 마구 휘젓고는 소리 없이 사라진다.

며칠 전, 창을 열고 정원을 바라보니 자두나무에 검은 곰이 올라가서 자두를 따먹고 있었다. 주인의 허락도 받지 않고 아주 당당하게 자리 잡고는 잘 익은 자두로 배를 채우고 있었다. 주택에 침입한 곰은 시청에 연락하면 야생동물 관리 직원들이 나온다. 사살하거나 생포하여 인적이 드문 곳으로 보낸다. 민가에 침입한 곰은 대부분 죽인다. 올해 밴쿠버 지역에서 주민들이 시청에 곰을 신고한 사례는 3,500여 건에 이른다. 그중에 34마리는 안락사시켰다. 9월 초에 주민들의 신고를 받고 '자두(Plum)'라는 이름을 가진 검은 곰을 딥코브(Deep Cove)에서 사살했다. 이 사건으로 주민들이 강력하게 항의했고, 곰을 추모하는 모임까지 있었다. 그 곰은 주민들에게 잘 알려졌으며, 아주 유순해서 아이들도 좋아했던 곰이다.

　나는 극성스러운 동물 애호자는 아니다. 자두 좀 먹었다고 곰을 죽이고 싶지 않았다. 물론 신고하지 않았다. 곰은 내 마음을 아는지 한참 자두를 먹다가 나무에서 내려와 유유히 사라졌다. 후에 나가 보니 자두나무는 무참하게 가지들이 꺾여 있다. 그리고 무슨 심보인지 나무 밑에 남산 만한 배설물을 한 무더기 쌓아 놓았다.

　자두로 만든 프룬 주스는 변비 예방과 소화에 좋아서 인기다. 그래서 유럽 사람들은 자두를 '기적의 과일'이라고 칭한다. 자두는 과일 그 자체보다는 주스로 상품화해서 손쉽게 구할 수 있다. 곰이 싸 놓고 간 산더미 같은 배설물을 보면서 과연 자두가 소화에 효과가 있음을 눈으로 확인할 수 있었다.

　정원 구석에 자리 잡은 자두나무는 돌보지 않아도 철 따라 과실을 맺는다. 자두가 익어 가는 시절에는 가끔 곰이 와서 주인 대신 수확을 한다. 넉넉한 가슴으로 그냥 두고 보는 것도 동물 사랑의 방법 같다. 곰들이 인가로 내려오는 것은 산기슭에 먹을 것이 부족하기 때문이다. 자두로 배를 채운 곰이 긴긴 겨울잠을 준비할 것이다. 우리가 사람에게 나누며 살 듯이 곰이나 다람쥐 한 마리라도 아끼고 보호하는 일도 자연 사랑의 마음일 것이다.

매디슨 카운티의 다리

   나는 노래를 잘 부르지 못하지만 듣는 것은 좋아한다. 예전엔 귀에 들어오지 않았던 가요까지도 이젠 혼자서 흥얼거린다. 가끔 가사를 음미하곤 한다. 사람들이 대중가요를 그렇게 좋아하는 것은 그것이 인생을 얘기하기 때문이다. 그런 의미에서 양희은의 〈사랑, 그 쓸쓸함에 대하여〉는 나이든 사람들에게 공감을 불러일으키는 아름다운 노래다.

   "다시 또 누군가를 만나서 사랑을 하게 될 수 있을까? 그럴 수는 없을 것 같다"로 노래는 시작된다. "도무지 알 수 없는 한 가지, 사랑을 사랑하게 되는 일, 참 쓸쓸한 일인 것 같다. 누구나 사는 동안에 한 번 잊지 못할 사람을 만나고, 잊지 못할 이별도 하지"라고 조용히 얘기하고 있다. 결국 사랑은 젊은이들의 전유물이 아니다. 나이를 초월하여 누구에게나 찾아올 수 있는 인생의 열병 같은 것이라고 양희은은 노래하고 있다.

이 노래를 들으면 예전에 보았던 〈매디슨 카운티의 다리〉가 생각난다. 아이오와 시골 농부의 아내 프란체스카는 남편과 아이들이 일리노이 주 카운티 페어에 가고 난 후 혼자서 무료한 여름날을 보내고 있었다. 이때 그녀에게 우연히 다가온 남자는 내셔널 지오그래픽 사진작가 로버트 킨케이드였다. 매디슨 카운티의 다리를 촬영하러 와서 길을 묻기 위해 이 시골 농가를 찾았다. 신들의 독신 남자와 마흔다섯의 시골 주부는 이렇게 우연히 만나게 된다.

그녀는 원래 대학에서 비교문학을 전공한 꿈 많은 이태리 여성이었다. 2차 대전에 참전한 미국의 병사를 만나 결혼하고, 미국 중서부에서도 가장 촌구석 아이오와 시골에서 정착했다. 이태리에서 올 때 생각했던 화려한 미국은 간데없고 몇 십 리를 가도 집 한 채 보이지 않는 절해의 고도 같은 농가에서 살게 되면서 그녀의 방황은 시작되었다. 하지만 자녀가 태어나고, 그렇게 해서 현실에 안주하게 되었지만 그럼에도 가슴에 차지 않은 허전함은 늘 있었다.

이렇게 만난 두 사람은 마치 평생을 기다렸던 인연처럼 뜨겁게 사랑하게 된다. 낡은 시골 농가의 욕조에서 함께 목욕도 하고, 촛불이 빛나는 식탁에서 식사도 함께 하면서, 낡은 축음기의 음악에 맞춰 춤도 추고 술도 마시면서, 영원히 헤어지지 않을 연인처럼 사랑했다. 하지만 이들의 만남은 시한부였다. 이루어질 수 없는 인연이었다. 나흘이 지나고, 남편과 아이들이 돌아올 시간이 다가오면서 그녀는 자신의 현실을 직각하기 시작했다. 자신을 묶고 있는 줄을 끊고 새로운 바다로 항해할 수 있었던 절호의 기회였으나, 그녀는 묶여 있는 삶의 굴속을 차마 끊지 못했다. 벗어나면서 자유를 얻기 보다는 묶여 있는 그 속을 선택해야 하는 것이 바로 인간의 비극이다. 자유를 가진 것 같았으나 선택할 자유가 없다는 현실을 깨닫게 된 것이다. 남자는 함께 가자고 간곡히 권했으나 그녀는 현실에 결국 남게 된다.

사람들이 영화 〈매디슨 카운티의 다리〉에 열광하는 것은 메릴 스트립의 농익은 연기 때문만은 아니다. 서부 활극 총잡이로 어울리는 클린트 이스트우드의 보기 드문 명연기 때문만은 아니다. 그것은 바로 우리의 가슴 한편에 묻어 둔 상상의 비밀을 보여주기 때문이다. 이들의 사랑이 불륜이니 부도덕이니 하는 그런 표현은 어울리지 않는다. 이 영화는 인간의 윤리를 다루는 것은 아니다. 작가 로버트 제임스 윌러가 얘기하는 것은 원초적 사랑이다. 인간의 가식을 벗어 던지고, 순수하고 고독한 사람들이 만나서 뜨겁게 사랑을 했다는 것이다.

"애매함으로 둘러싸인 이 우주에서, 이런 확실한 감정은 단 한 번만 오는 거요. 몇 번을 다시 살더라도, 다시는 오지 않을 거요."
중년의 남자가 나지막한 목소리로 들려주는 이 대사가 아마 영화의 주제를 함축하고 있는 것 같다.

내 마음의 바다

내 고향 충청북도는 바다가 없다. 삼면이 바다로 둘러싸인 한국에서 유일하게 바다가 없는 곳이다. 예전에 고향에서 평생 바다를 보지 못한 사람들이 있다는 얘기를 들었다. 지금이야 그런 사람이 드물 것이다. 교통이 발달했고, 생활의 여유가 있다 보니 설마 바다를 못 본 사람들은 거의 없을 것이다. 요즘은 청주에서 차를 타고 서쪽으로 조금만 가면 아름다운 태안반도가 있다. 더 가깝게는 1시간 내로 보령이나 당진항에 도착하여 바다를 구경할 수 있다.

나는 전에 스칸디나비아의 스웨덴에서 여러 해 살았다. 스웨덴도 삼면이 바다로 둘러싸인 해양국이다. 스톡홀름은 '북방의 베네치아'라는 말을 들을 정도로 아름다운 항구와 해안이 있다. 자연 그대로의 청정한 바다, 야성의 바다를 보고 싶으면 스웨덴의 동부 해안을 따라 북쪽으로 올라가면 작은 마을들이 그림처럼 이어져 있

밴쿠버의 아름다운 선박들

다. 또는 남쪽으로 내려가면 덴마크와 접해 있는 스웨덴 제3의 도시 말뫼가 나온다. 전에는 페리로 다녔지만 2000년에 세계 최장의 오레순트 다리가 준공되면서 스웨덴과 덴마크 사이를 자동차로 왕래할 수 있게 되었다. 어떤 사람은 이태리의 카프리 해안이 아름답다고 말하지만, 나는 스웨덴에서 본 그 아름다운 물빛과 바다를 평생 잊을 수 없을 것 같다. 지금도 눈을 감으면 그 발트해의 검푸른 파도와 그림 속 동화 같은 해안 풍경이 아련하다.

스웨덴에서 캐나다로 와서 밴쿠버에 정착했다. 원래는 1986년에 개최된 밴쿠버 엑스포를 둘러보고 다시 스웨덴으로 돌아갈 계획이었다. 하지만 밴쿠버와 밴쿠버 아일랜드를 보고 좀 살아보자고 정착했는데, 이곳이 또 하나의 고향이 되고 말았다. 밴쿠버는 참 아름다운 도시다. 산과 강, 숲과 바다가 잘 어우러진 천혜의 자연 환경을 지니고 있다. 무엇보다도 아름다운 태평양 바다에 접해 있다.

나는 자주 해안 길을 따라 산책한다. 보슬비가 내리는 날에 우산을 들고 해안 길을 걸으면서 바다를 보는 맛은 밴쿠버 사람만이 누리는 행복이다. 해안 길을 걸으면 누구나 친구가 되고, 누구나 이웃이 된다. 특히 캐나다의 내륙 지방에서 살다가 은퇴하고 이주해 온 사람들을 많이 만난다. 매니토바, 사스카추완 등에서 살다가 나이 들면 많이들 BC 주로 오는 것 같다. 그들이 BC 주로 이주해 오는 이유는 온화한 겨울 기후 때문만은 아닐 것이다. 내륙에서는 평생 보지 못했던 바다를 볼 수 있기 때문이다.

얼마 전, 신문에서 나이 100세에 이르러 바다를 처음 본 한 할머니의 애기를 읽었다. 미국 테네시 주의 작은 시골 마을에서 평생 농사를 지으며 살았던 노인은 바다를 본 적이 없었다. 가난했기 때문에 바다를 직접 보지는 못했다. 노인은 이미 노쇠하여 휠체어가 아니면 거동이 불편한 상태였다. 그녀의 꿈은 죽기 전에 바다를 한 번 보는 것이었다. 지난해 11월, 나이 100세가 되어서야 주변 사람들의 도움으로 알라바마 해안을 찾게 되었다. 바닷가에 도착하자 어디서 새 힘이 나왔는지 혼자서 걸프 만의 푸른 바다에 발을 적시며 좋아했다. 처음 보는 바다였지만 100세 노인에게 겨울바다는 발이 시리고 차가웠다. 노인은 "바닷물이 차갑다"는 말을 남기고 다시 바다와 작별을 했다.

해마다 그렇듯이 올 겨울도 밴쿠버는 비가 자주 내린다. 예전에는 가랑비가 내려서 운치가 있었으나 요즘은 마치 여름 소나기처럼 쏟아질 때가 있다. 그럴지라도 바닷가에는 늘 사람들이 있다. 매일 보는 바다라도 마치 동화 속 세계인양 신기해하고 좋아한다. 행복해하고 즐거워한다. 나도 올 겨울에는 바다를 더 많이 보고 싶다. 나이 많아져서 더 이상 바다를 볼 수 없을 때가 오기 전에 해안 길을 더 많이 걷고 싶다. 가끔은 파도치는 해안에서 그리운 사람들을 생각하고 싶다. 주마등처럼 지나간 내 마음의 바다를 추억하면서…

김동길 교수와의 만남

2022년 10월 4일 김동길 교수가 소천했다. 그를 잘 알든 모르든 간에 많은 사람이 그의 소식을 듣고 안타까워했다. 밤하늘을 수놓은 유성처럼 긴 여운을 남기고 우리 곁을 떠났다. 그분의 서거 소식을 접하면서 나는 만감이 교차하는 감정을 느꼈다. 마치 다정했던 오라버니를 이별한 것처럼 가슴 한 쪽이 아팠다. 그만큼 나와 김 교수는 각별한 사이였다.

그분 생전에 나와 수십 통의 서신을 주고받았다. 어떤 때는 200자 원고지로 적어 보냈고, 어떤 때는 여행길에 그림 엽서를 보내주셨다. 간략한 안부를 물었고, 어떤 때는 마치 연인에게 보내듯 장문의 서신을 보내주시기도 했다. 정성이 깃든 편지는 그것 자체가 문학이며 명문이었다. 2005년 성탄절 즈음에 받은 편지에는 영국 시인 로버트 브라우닝의 시를 원문으로 보내주시기도 했다.

밴쿠버를 방문한 김동길 교수를 집에 초대해서

"나와 함께 늙어 가세.
최고의 순간은 이제부터네.
인생의 끝을 위해 처음이 지어졌으니."

　나는 문진(文鎭)을 수집한다.　영어로는 'paperweight'라고 한다.
글을 쓰거나 읽을 때 종이가 움직이지 않도록 종이 위에 두는 무거
운 물건이다. 자연적인 돌일 경우 누름돌이다. 문진은 나라마다 하
나의 예술 장식품으로 발전했다. 언젠가 김 교수는 내가 문진을 수
집하는 것을 알고 구입한 문진을 소포로 보내주셨다. 이런 경우에
서 보듯이 그분은 사람의 이야기를 깊게 듣고 상대를 배려하며 작

은 것 하나도 놓치지 않았다.

김동길 교수가 특강을 위해 2002년 11월 밴쿠버에 오셨다. '태평양 새 시대가 온다'는 주제로 강연하셨다. 한인회관 지붕의 보수기금을 마련하기 위해 특별히 마련된 이벤트였다. 코퀴틀람의 고퍼데일 플라자 호텔에서 개최된 강연회에 입추의 여지 없이 한인 동포들이 참석했다. 그는 강연료를 받지 않았다. 호텔이 아니라 웨스트밴쿠버 우리 집에서 묵으셨다. 우리 남편과 저녁 늦게까지 격의 없이 담소하셨다. 함께 시워드 해안 길을 걸으면서 정담을 나누었던 아름다운 추억이 있다.

"한 장의 엽서에도 한 마디의 전화에도 금란의 정성과 품격이 스며 있어요. 그토록 아름다운 사람, 꿈 많던 젊은 날의 장밋빛 구름을 오늘도 그리며 지치지 않고 굿굿하게 떳떳하게 살아가는 그대."

2003년 1월 27일 자 편지는 200자 원고지로 적으셨다.

"지금은 새벽 3시, 이 일 저 일을 하면서 이 생각 저 생각을 하면서, 이 잠 안 오는 밤에 이 붓을 듭니다. 나는 나 개인보다는 나의 조국이 더 소중하다고 믿기 때문에."

김 교수는 이 편지에서 나단 헤일(Nathan Hale)의 말을 인용하셨다.

"I only regret I have but one life to lose for my country."

"나는 조국을 위해 바칠 목숨이 하나밖에 없는 것이 한스럽다."

나단 헤일은 미국 독립전쟁 당시 장교로 임관하여 조지 워싱턴 장군을 도왔다. 그 후 그는 체포되어 교수형을 받았다. 바로 이때 그는 "조국을 위해 잃을 목숨이 단 하나뿐인 것을 다만 후회한다" 고 했다.

보스턴 대학에서 역사학으로 박사 학위를 받은 김 교수께서는 나단 헤일의 역사적 사실을 잘 알고 있었다. 김 교수는 미국의 민주화 과정에서 몇 차례나 목숨을 걸고 독재에 항거했던 행동이 양심이었다.

가끔 서울에 나가면 그분이 사셨던 대문짝 만한 아담한 가옥을 찾았다. 방안은 책들로 가득 찼다. 혼자 사는데도 무척이나 정갈하고 운치가 있었다. 그분은 매년 생일 때 가까운 지인들을 불러서 냉면 파티를 하는 것으로 유명했다. 특히 해군 제독으로 예편한 내 남동생도 초청해서 맛있는 면을 맛보게 했다.

지금까지 살면서 좋은 사람들을 만날 수 있었던 것은 내 인생의 행복이었다. 젊은 시절 살았던 스웨덴, 그리고 캐나다에서 많은 지인과 인생을 함께했다. 나와 인연을 맺었던 많은 사람들 중에 김동길 교수는 내 인생에 큰 획을 그은 분이다. 인생의 선배였고 삶의 길을 가르쳐 주신 스승이었다. 그분이 몸소 실천하고 가르쳐 주신 나라 사랑, 인간 존엄의 깊은 뜻을 늘 새기며 그분을 추억하고 싶다.

이름 없는 여인이 되어

사람은 누구나 어디론가 훌쩍 떠나고 싶어 한다. 그러면서도 막상 떠나려고 하면 현실의 자락이 놓아 주지 않는다. 노천명 시인이 〈이름 없는 여인이 되어〉를 노래했지만, 그 자신은 정작 조그만 산골로 들어가지도 않았고, 놋양푼에 수수엿 녹여 먹으며 좋은 사람과 산골 얘기를 나눈 일도 없다.

그녀의 이름은 크리스 차이콥스키(Chris Czajkowski)이다. 하지만 캐나다에서는 '차이코우스키'라고 발음한다. 그녀의 이름이 말해주듯이 그녀는 유명한 음악가도 아니고, 어떤 큰일을 하는 사람도 더더욱 아니다. 하지만 그녀에 대한 얘기는 캐나다에서 많은 사람들의 뇌리에서 쉽게 지워지지 않는다. 그 이유는 그녀가 다른 사람들이 하지 못하는 이름없는 여인이 되어서 살아가고 있기 때문이다.

그녀는 캐나다의 서부 브리티시 컬럼비아 주 중부 어느 호숫가에서 혼자 살아간다. 밴쿠버에서 480킬로미터 북쪽이며, 그녀의 작은 통나무집에서 차가 다니는 도로까지는 백리길이지만 산세가 험준해서 당일로는 갈 수 없는 첩첩산중이다. 그 머나먼 산중에서 그녀는 벌써 25년째 살아가고 있는 중이다.

그녀는 영국에서 폴란드계 이민자 가정에서 태어나 그곳에서 미술을 공부했다. 젊을 때부터 집시처럼 세계를 떠돌아다녔다. 그녀가 캐나다로 건너온 때는 1979년이며, 2년간 목장에서 일하며 돈을 저축한 후 BC 주에서는 가장 깊은 트위즈뮤어 주립공원의 작은 호수로 들어가 그곳에서 지금까지 살아가는 독특한 여성이다.

그렇다고 그녀가 텅 빈 하늘과 험준한 산악, 한없이 투명한 호수를 바라보며 청승을 떨며 살아온 것은 아니다. 여름, 가을엔 버섯을 따고 약초를 거두고, 작은 뜰을 일군다. 또한 글도 쓰고, 그림도 그린다. 몇 년에 한 번씩 산속 생활을 단행본으로 출판하기도 한다. 그렇게 해서 출판한 책이 벌써 7~8권이나 되고, 가끔은 독자들이 초청하면 머릿잎 이슬을 털며 산길을 내려와 밴쿠버나 빅토리아에서 산골 얘기를 들려준다. 또한 지금은 매년 한두 차례씩 이름없는 여인이 되고 싶은 사람들을 모아서 산을 둘러보는 생태 관광 일도 하고 있다.

그녀가 사는 호수의 이름도 〈Lonesome Lake〉 즉 고독 호수이고, 그녀가 가족처럼 여기며 살고 있는 개의 이름도 'Lonesome, 고독'이다. 그러면서도 그녀의 책을 읽어 보면 청승을 떨고 삶을 비관하는 구성은 어디에도 없다. 재롱부리는 다람쥐, 피어나는 들꽃 한 송이에 환희를 느끼며, 떨어지는 낙엽을 밟으며 사색에 젖는 멋쟁이 여인이다.

살아가는 날이 무료할 때, 인생이 외롭다고 느껴질 때 나는 머나먼 숲속에 혼자 살고 있는 그 '이름 없는 여인'을 생각한다. 그녀의 책을 읽으며, 감격하고 함께 웃는다.

나는 그녀처럼 깊은 산속 외딴 호수에서 혼자 살아갈 용기는 없다. 그러면서도 가끔씩 아주 가끔씩 머나먼 산속에서 혼자 살아가는 그녀의 근황이 알고 싶어진다.

자연 그대로의 해변 〈사진작가 김용운〉

해 아래 새것은 없다

일찍 스웨덴으로 유학을 떠나면서 나의 해외 생활은 그렇게 시작되었다. 그곳에서의 삶은 자연스럽게 유럽 여러 나라로 시야를 넓혀 주었다. 스웨덴어도 일상에 지장이 없을 만큼 익혔고, 좋은 친구들도 사귀었다. 그림처럼 아름다운 스칸디나비아의 풍경도 즐기면서 아쉬울 것 없이 행복했다. 지금에 와서 돌아보면 스웨덴은 내 젊은 날의 로망이었다.

스웨덴에 살 때 나이든 시댁 식구들을 만나면 '스페인 독감'이라는 말을 가끔 들은 적이 있다. 당시에는 그게 무슨 말인지도 모르고 관심도 없었지만, 그들의 말에 의하면 스페인 독감이 창궐하던 1918년대에 북유럽에서는 상당히 많은 사람들이 죽었다. 그런데 시댁 식구들 중에 사망한 사람은 한 사람도 없었다는 것이 그들 대화의 요지였다. 결국 가문을 자랑하기 위한 대화였다. 가족 중에는 군인, 교수도 있고 성직자도 배출한 명문 가문이기 때문에 스페인 독감이 범접하지 못했다고 얘기했다.

지난 한 해는 온통 코로나 바이러스로 힘들었다. 세계적으로 바이러스에 감염된 사람이 8천5백만 명이 넘고, 사망자는 180만 명이 넘는다. 청정 국가 캐나다도 60만 명을 넘겼고, 사망자가 1만5천 명에 달했다. 미국은 더욱 심각했다. 2천만 명 감염에 사망자 수는 35만 명을 넘겼다. 어디를 가도 코로나 바이러스 얘기였고, 신문이나 방송에서 연일 새로운 소식들쏟아졌다. 그야말로 세계적인 팬데믹이었다.

최근 어떤 지인이 스페인 독감을 언급했다. 젊을 때 스웨덴 스톡홀름에서 들은 얘기가 생각났다. 스페인 독감이 아무리 심했다고 해도 코로나 바이러스와는 비교가 되지 않을 것이라고 생각했다. 현재 인류가 당면한 바이러스는 역사상 가장 무서운 팬데믹으로 기록될 것이라고 생각했기 때문이다.

기록에 의하면 스페인 독감은 1918년부터 1920년까지 유럽을 중심으로 크게 확산되었다. 당시엔 1차 세계대전이 한창이어서 전 유럽이 전쟁을 하고 있던 시대였다. 전시였기 때문에 유럽 국가들은 언론 통제를 했고, 독감의 진행 상태를 보도하지도 못했다. 스페인은 당시 중립국으로 전쟁에 참전하지 않아 언론 활동이 활발했고,

그래서 '스페인 독감'이라고 불렸다. 스페인 독감은 인플루엔자 바이러스 A(H1N1)형 병원균이다.

당시 사망한 사람이 얼마나 되는지 확실히 아는 사람은 없다. 적게 잡아도 1천만 명이고, 크게 잡으면 5천만 명이 될 것이라고 추산하고 있다. 당시 일본 지배하에 있던 한반도에서도 무오년 독감 또는 사반야 감기 등으로 불리었던 괴질이 창궐했다. 740만 명이 감염되어 14만 명이 사망했다. 스페인 독감은 한반도를 지배하려 했던 군인들을 통해 유럽에서 병균이 전파되었다. 또한 사람의 왕래가 빈번했던 경로를 통해 유입된 것으로 보고 있다. 이런 기록은 당시 환자들을 치료했던 선교사 프랭크 윌리엄 스코필드 박사의 학술 보고에 나와 있다. 스코필드 박사는 토론토 대학 출신으로 평생 한국에서 헌신한 민족의 은인이다.

이스라엘의 왕 솔로몬의 글에 "해 아래 새것이 없다"라고 적혀 있다. 이미 있었던 것이 후에 다시 생겼고, 우리가 새것이라고 하는 것은 이미 오래전에 있었다고 말했다. 코로나 바이러스 때문에 세계가 고통을 받고 있지만, 과거의 스페인 독감은 더욱 심했다는 것을 알 수 있다. 그렇기 때문에 현재의 대유행은 인류가 겪는 최초의 비극은 아니다. 해 아래는 새것이 없기 때문이다. 그 당시 스페인 독감을 극복했듯이 현재의 코로나도 결국 사라질 것이며, 역사가 보여주는 사실이다.

사람은 얼마 만큼의
땅이 필요한가?

캐나다는 세계에서 영토가 두 번째로 넓은 국가이다. 남한 기준으로 보면 한국의 99.8배이다. BC 주 하나만 해도 한국의 10배가 넘는 광활한 영토를 갖고 있다. 러시아연방을 제외하고 캐나다는 영토에 관해서는 부자 중에 부자이다.

최근에 세계 유수 언론들이 '캐나다는 땅이 부족하다'라는 기사를 올렸다. 캐나다의 주택 가격은 천정부지로 오르고 있으며, 이것은 바로 땅의 부족에서 오는 것이라고 평가했다. 캐나다가 땅이 부족하다니? 이건 무슨 뜻인가?

캐나다는 토론토와 밴쿠버 등 도시를 중심으로 주택을 지을 택지가 부족하다는 얘기다. 서울이나 도쿄 등 세계의 대도시가 주로 고층 아파트를 올리는 데 비해 캐나다의 도시는 단독 주택이 주류를 이루고 있기 때문이다. 그래서 캐나다의 주택 구입비는 앞으로도 내릴 것 같지 않다는 분석 기사를 내고 있다.

예로부터 한국의 부자는 천석꾼, 만석꾼이라고 칭했다. 벼를 1만 석 수확하려면 적어도 논이 5천 마지기는 있어야 한다. 이것을 에이커로 환산하면 8천 에이커의 땅이 있어야 부자라는 소리를 들었다.

나의 오카나간 목장의 말들

삼성 창업주 이병철과 LG의 구인회, 효성그룹의 조홍제 등은 경남에서 천석꾼, 만석꾼을 자랑하던 부자집 자제들이었다. 한국 근대화 시대에 선대의 엄청난 부를 바탕으로 오늘날 세계적 대기업을 이룬 것은 탁월한 선견지명과 사업 수완이 있었기 때문이다.

사람들은 땅을 소유하려고 한다. 인류의 전쟁사는 결국 땅을 차지하기 위한 싸움이었다. 땅을 더 많이 차지하려고 수많은 사람들이 목숨을 잃는 전쟁의 참상을 겪었다. 땅을 차지하기 위한 인간의 욕망은 지금도 세계 도처에서 쉬지 않고 꿈틀거리고 있다.

캐나다의 최대 땅 부자는 누구일까? 기록에 의하면 캐나다 최대의 목장은 BC 주 메릿 지역에 있는 더글라스 목장이다. 이 목장의 넓이는 50만 에이커이다. 이곳은 잡초가 자라는 황무지가 아니라 수만 마리의 소를 방목하는 목장이다. 목장 내에는 엄청나게 큰 호수가 있으며, 그곳에서 송어 낚시를 하려면 100달러를 지불해야 한다. 그리고 목장 내에는 상점도 있어서 간단한 스낵을 판매한다.

이 목장의 소유주는 여러 번 바뀌었다. 애드민턴 출신의 버니 이버스가 이 목장을 구입했는데, 그는 천문학적 금융사기죄로 무기징역형을 받았다. 그리고 후에 가석방되었으나 곧 세상을 떠났다. 그 목장에서 살지도 못하고 세상을 하직한 셈이다. 그 후에 이 목장은 다른 소유주에게 넘어갔으나 주변의 대형 목장들을 사들여서 지금은 120만 에이커에 달하는 거대한 목장이 되었다. 북미에서는 가장 큰 목장으로 꼽히고 있다.

미국의 부자들도 상당수 거대한 땅을 소유하고 있다. 한때 세계 최대 부자였던 빌 게이츠는 26만9천 에이커의 농장을 가지고 있다. 이것은 3억3천만 평이다. 아마존의 제프 베조스도 서부 텍사스에 42만 에이커, CNN 창업자 테드 터너는 200만 에이커, AT&T 회장 이었던 존 말론은 220만 에이커를 소유하고 있다.

톨스토이의 작품 중에 「사람은 얼마 만큼의 땅이 필요한가?」라는 단편이 있다. 화려한 도시 생활을 하는 언니가 시골에서 가난하게 살고 있는 동생의 집에 찾아온다. 언니는 도시 생활이 좋다고 말했 지만 동생의 남편 파홈은 땅만 있으면 시골이 좋다고 생각했다. 그 래서 그토록 소원하던 조그만 땅의 주인이 되었다. 처음에는 행복 했다. 그러나 더 많은 땅을 갖고 싶었다. 파홈은 적은 돈으로 엄청 난 넓이의 땅을 살 수 있다는 얘기를 들었다. 그것은 원주민의 땅 이었다. 땅 값을 지불하고 해가 지기 전까지 시작점으로 돌아오면 돌아본 모든 땅을 소유할 수 있다는 파격적인 조건이었다. 파홈은 땅 욕심 때문에 하루 종일 더 많은 곳을 가려고 뛰어갔다가 돌아 오면서 숨이 막혀 심장마비로 목숨을 잃고 만다. 인간의 헛된 욕심 을 꼬집는 톨스토이의 단편은 이렇게 끝을 맺고 있다.

작은 행복

캐나다 분재 클럽 회장 집을 방문하다

나는 부엌에 혼자 앉아 바다와 산을 바라볼 수 있어 행복하다. 마당에 나가면 다람쥐가 시도 때도 없이 뛰어든다. 가끔 너구리도 가담한다. 새들도 봄날을 노래한다.

집 뒤뜰에 나가 잡초를 뽑고 뾰족뾰족 붓대처럼 올라오는 꽃나무, 작은 꽃봉오리를 보는 것도 쏠쏠한 재미가 있다. 예쁜 꽃들이 피어나는 봄날이 있어 행복하다. 정원에서 일하다가 가시나무에 손가락을 수없이 찔려도 찡그리지 않는다. 그렇게 찔린 상처는 반창고를 바르지 않고, 소독을 하지 않아도 그냥 그대로 잘 아문다. 흙에 뒹굴며 어린 시절을 보낸 사람은 온실 속의 화초처럼 자란 사람보다 면역력이 강하다는 얘기를 얼마 전에 읽은 것 같다.

나는 자연인이다. 그 흔한 컴퓨터도 없다. 이메일도 안 하고, 카톡이니 뭐니 하며 고개를 푹 숙이고 눈을 혹사하지 않는다. 어떻게 메신저나 카톡도 없이 사느냐고 사람들이 묻는다. 살아가는 데 그런 것이 꼭 필요한 것이 아니라는 것을 알게 되었다. 첩첩산중 오지에 사는 기분이다.

뜨락 테이블에 솜털 날개 달린 민들레꽃을 보고는 생명과 죽음의 신비를 생각하곤 한다.

인간은 누구나 언젠가는 홀로 된다. 남편이 10년 전 하늘나라로 간 이후로 한눈팔 겨를조차 없이 바쁘게 살아왔다. 고독할 겨를이 없었다. 꽃도 내가 박아야 하고, 전구도 내가 갈아 끼워야 했다. 쓰레기 치우는 것도 내 몫이고, 청소 그리고 남자가 해야 할 모든 일을 내가 해야 했다. 아직도 그런 것이 익숙하지는 않다. 그러나 이젠 어느 정도 혼자서도 할 수 있게 되었다. 30년간 살던 집이라 여기저기 돌담 옆구리가 김밥 터지듯이 터진다.

70 평생을 살다 보니 남의 눈치코치 볼 일도 없다. 아직 이렇게 할 몹쓸 병에 걸리지 않고 건강하다. 당뇨병이다 고혈압이다 하고 나이든 분들이 고생을 하지만, 나는 아직 그런 질환과 상관없다. 그래서 늘 범사에 감사하며 살고 있다.

우리집 옆 산책길에는 시도 때도 없이 사슴, 토끼, 다람쥐, 비버, 두더지들이 나타나 나를 즐겁게 해 준다.

내가 첩첩산중 오지에 사는 기분이라고 해서 세상과 담을 쌓고 사는 것은 아니다. 마음이 맞는 좋은 사람들과 교류하는 것 또한 행복이다. 커피를 한 잔 마시면서 살아가는 얘기를 나눈다. 세상 돌아가는 얘기도 나눈다. 이것이 나만의 조그만 행복이다.

내 막냇동생의
농촌 살이

얼마 전에 나는 충주에 있는 막냇동생 집을 방문했다. 동생은 원래 청주에서 태어났지만 충주에서 농사를 짓는 반씨 집안에 시집갔다. 그곳은 충북 음성군 원남면의 반씨 집성촌이다. 전 유엔사무총장 반기문도 그곳 사람이다. 한 다리 건너 모두 일가친척인 것 같다.

동생이 농사를 짓고 살기 때문에 겨우 밥이나 먹고 사는 줄 알았다. 그런데 막상 가보고 깜짝 놀랐다. 밴쿠버에서도 가장 부유한 동네라는 웨스트 밴쿠버에 사는 나보다 더 큰 집에 살고 있었다. 마당에는 고급 자가용 5대가 주차해 있었다. 살림살이가 도시의 부자 못지않게 대단했다.

동생의 남편, 즉 제부는 충주 근교 주덕이라는 곳에서 인삼농장을 경영하고 있다. 일하는 사람만 100명이 넘으니 단순한 농사가 아니라 영농 기업이다. 인삼 재배 면적이 엄청나게 넓으며 재배한 인삼은 전량 인삼조합에 납품하기 때문에 판매나 유통에 별로 문제가 없다.

제부는 농사만 짓는 농부가 아니라 국립대학교의 현장 교수다. 한국농수산대학교 소속 교수로 후진들을 양성한다. 현장 교수는 교실에서 이론을 가르치는 것이 아니다. 농업 현장에서 학생들에게 특용작물인 인삼 재배의 노하우를 전수하는 중요한 직책이다. 매

충주의 막냇동생 집을 방문하다.

년 농과대학 특용작물과 학생들이 농장에 와서 장기적으로 현장 실습을 한다.

반 서방은 농사짓는 일을 아주 자랑스럽게 생각한다. 앞으로 인삼 농사는 세계적인 웰빙 붐에 발맞춰 전망이 밝다고 보고 있으며, 쌀농사 위주의 농업으로는 국제 경쟁력을 갖추기 어렵다고 보고 있다. 그는 한국 특용작물을 무농약 고품질로 재배하기 위해 늘 연구하고 실험하고 있다. 제부는 지구 온난화 현상으로 가끔 극심한 가뭄과 홍수 같은 자연재해가 발생하기 때문에 인삼 농사도 앞으로 어려움이 있을 것이라고 내다봤다. 그것을 대비하기 위해 늘 준비하고 새로운 영농 기술을 개발해야 한다고 강조했다.

나도 아침형 인간이기 때문에 누구보다 일찍 새벽에 일어난다. 늦잠 자지 않고 아침 일찍 일어났는데도 반 서방은 이미 농장에서 분주히 일하고 있었다. 남들은 모두 공부하여 서울이나 큰 도시로 갔지만, 그는 고향을 지키는 우직한 사람이다. 30년째 인삼 농사에 전념한 반 서방의 모습에서 성실한 농민의 자화상 같은 것을 느꼈다.

요즘은 한국도 양극화 현상이 심각하다. 모두 서울로 모여들기 때문에 집값이 높아 국가적 당면 과제가 되고 있다. 또 한편으로는 지난 5년간 도시를 떠나 귀농, 귀촌한 사람들이 5천 가구가 넘는다고 한다. 젊은이들이 도시의 좋은 직장을 그만두고 시골로 내려가는 데는 바로 농촌이 예전 같지 않기 때문이다. 농촌에서도 얼마든지 도시의 문명 생활을 누릴 수 있다고 보고 있다. 물론 모든 귀농자가 성공하는 것은 아니다. 그런데도 여전히 귀농자들이 해마다 늘어나고 있다. 나의 제부 반 서방 같은 성실한 농부가 농촌을 지키고 있는 한 한국 농업의 미래는 매우 밝다고 생각한다.

막냇동생 집을 방문했을 때 나는 무척 기뻤다. 큰돈을 굴리며 놀고 먹는 부자가 아니었다. 하루하루 성실하게 일하는 모습이 너무 보기 좋았다. 새벽같이 일어나 구슬땀을 흘리며 일하는 모습에서 그들의 성공 원인을 알 수 있을 것 같다. 형제들 중에 대학 교수도 있고, 별을 단 장성도 있다. 하지만 농촌에 묻혀 묵묵히 농사를 지으며 사는 내 막냇동생도 다른 형제 부럽지 않게 인생을 성공적으로 살고 있다.

며칠 동생 집에 머물며 분주한 농장 일을 거들어 주었다. 나도 구슬땀을 흘리면서 부지런히 일했다. 동생 집을 떠나올 때 반 서방은 두툼한 봉투를 내밀었다. 며칠 일했으니 합당한 삯을 받으라고 하면서. 모두 손을 잡고 박장대소했다.

지피지기백전불태(知彼知己百戰不殆)

어릴 때부터 들어 왔던 말 중에 '지피지기 백전불태(知彼知己 百戰不殆)'가 있다. '상대방을 알고 나를 알면 백 번 싸워도 위태롭지 않다'는 뜻이다. 『손자병법』에 나오는 유명한 말이다. 일본의 손정의 회장은 이 말을 기업 경영의 철학으로 삼는다고 했다. 상대방을 아는 것은 상대방에 대한 정보를 아는 것이다. 나를 안다는 것은 객관적 자기 성찰을 의미하는 것 같다.

태어나면서 우리는 사람을 만나며 산다. 인간과의 만남은 생이 다하는 날까지 계속된다. 인간에 의해 태어났고 인간과 살아가며, 인간과 이별하면서 이생을 하직한다. 그럼에도 불구하고 우리가 만나는 사람에 대해 잘 모른다. 만약 우리가 상대방을 조금이라도 알기만 한다면 인생의 그 많은 시행착오나 실패를 줄일 수 있을 것이다. 내가 만나는 친구, 내가 만나는 결혼 상대자, 내 사업의 파트너가 어떤 사람인지 조금만 알 수 있다면 절반은 성공했다고 봐도 될 것이다.

학교 교육에서는 '네 자신을 알라'고 소크라테스의 말을 되풀이하고 있다. 우리는 평생을 통해 우리 자신을 배운다. 삶이란 바로 나 자신을 배우는 시간이다. 시시때때로 우리의 판단력과 정서와 예감 등을 해야 하는 것은 삶의 필수다. 더 중요한 것은 상대방을 잘 알아야 한다. 세상에는 너무나 많은 허상과 거짓이 존재하기 때문이다. 나의 행복과 평화를 침해하는 다양한 요소들이 우리 주변을 맴돌고 있다. 하루에도 몇 차례씩 이상한 전화가 걸려 오고, 정체 모를 전자 메일이 넘쳐난다.

문제는 상대방을 안다는 게 쉬운 일은 아니다. 심리학이 발달했지만 상대방의 마음을 읽는 법은 아직 모른다. 관상을 보거나 점집을 찾는 일도 미래를 예측하고 상대방을 아는 데는 한계가 있다. 예전에 정태수라는 기업가가 있었다. 어떤 복술인이 철강 회사를 하면 큰 부자가 될 수 있다는 말을 듣고 철강 회사를 세웠으나 결국 기업도 망하고 인생도 풍지박산이 나고 말았다. 삼성의 이병철 회장은 인재를 뽑을 때 옆자리에 관상 보는 사람이 함께 했다고 한다.

열 길 물속은 알아도 한 길 사람 속은 모른다. 그만큼 사람의 속

마음을 알기는 어렵다. 하지만 아직도 세상에는 상대의 속마음을
아는 방법이 존재하지 않는다. 삶이란 인간을 알아 가는 평생의 과
정이 아닐까 생각한다.

개 이야기

지난해 크리스마스 이브였다. 나는 유진 집 발코니에 나갔다가 개(올리)와 마주쳤다.

"어머나, 어쩜 좋아 저런…"

냅다 소리를 질렀다. 크리스마스에 먹으려고 참으로 오랜만에 구워 놓은 햄을 개가 신나게 먹고 있었다. 예기치 않은 일이었다.

"개가 들락날락했었는데 어쩐지 잠잠하더군." 딸 아이가 말했다.

"진작 치울 걸, 나름대로 최선을 다하며 여지껏 구웠던 햄을 가족들이 맛도 볼 수 없다니." 나는 중얼거렸다.

그때 아들이 강아지에게 다가갔다.

"어머니, 강아지를 너무 야단치지 말아요. 터키 구이도 있으니 우린 그걸 먹으면 되잖아요."

"이미 늦은 일이니 나무라도 소용없는 일이야."

아들은 강아지를 보듬고 잔등을 두들겨 준다. 강아지는 발코니

문가에 앉아 눈치만 보고 눈을 끔벅거린다.

남편은 갑자기 이렇게 말했다.

"자, 신사숙녀 여러분! 잠시 후면 우리가 먹을 양식을 죄다 먹어 치운 개가 나옵니다. 우리 강아지를 큰 박수로 환영합시다."

그러나 강아지는 냉큼 방안으로 들어와 원탁을 빙글빙글 돈다.

나는 강아지에게 호통을 쳤다.

"넌 아무개만 좋다 하고 또 아무개도 좋다고 하니 그것도 지조가 없느리라."

사랑하는 올리와 함께

해마다 정초가 되면 올해는 무슨 띠일까 궁금하다. 나는 개띠에 태어났으나 집만 지키는 삶을 살지 않으리라. 옛날에 어르신들은 사람의 태어난 해, 달, 날, 시의 간지가 좋아야 부귀를 누리고 행운이 깃든다고 했다.

초대받은 12마리의 동물 잔치에 열한 번째로 도착하였다는 개는 사람을 잘 따르고 귀가 밝아 인간과 가장 밀접한 동물이다. 햇수를 세는 고유의 계산법에는 천간과 지지로 헤아리는 방법이 있다.

갑(甲), 을(乙), 병(丙), 정(丁), 무(戊), 기(己), 경(庚), 신(辛), 임(壬), 계(癸)의 십간(十干)과 자(子, 쥐), 축(丑, 소), 인(寅, 호랑이), 묘(卯, 토끼), 진(辰, 용), 사(巳, 뱀), 오(午, 말), 미(未, 양), 신(申, 원숭이), 유(酉, 닭), 술(戌, 개), 해(亥, 돼지)의 십이지의 맞춤으로 해를 나누는데, 그 조합이 전부 60개이다. 십간과 십이지의 맨 처음 맞춤인 갑자년이 다시 돌아오려면 만 60년, 즉 천지의 한 순환기를 지나야 한다.

여기에서 '회갑'이란 말이 생겨난 것인데, 옛 조상들은 천지가 한 바퀴 회전한 만큼이나 세상을 살았으니 천수를 누렸다고 여겼던 것이다.

나는 일찍이 스웨덴에 유학 가서 오랫동안 산 적이 있었다. 1970년 슈퍼마켓에 갔을 적에 개가 그려진 깡통들이 즐비하게 진열된 것을 보고 이런 생각을 했던 적도 있다.

'아, 사람 사는 데는 마찬가지구나. 이곳 사람들도 개고기를 좋아하는군.'

이따금 개를 볼 때마다 가슴이 뭉클하다. 어머니 생각이 난다.

나는 개와는 너무나 친숙한 환경 속에서 자란 관계로 늘 강아지에
대한 애정이 남달랐다. 내 어릴 적에는 눈이 내린 아침이면 마당에
개 발자국이 떡살로 무늬 놓은 것처럼 찍혀 있었다. 겁이 덜컥 났
다. 밤새 늑대나 여우가 다녀갔나 하고 간담이 서늘할 때도 있었다.

언젠가 산책길에서 빨강 리본을 하고 예쁜 니트웨어를 입은 강아
지를 보았다. 이곳에서 개 팔자가 상팔자인데 나도 좀 더 느긋하게
여유를 가져 보리라.

친구여

나의 친구여!

우리 집 뒤 언덕배기에는 영상홍이 빨갛게 피어 초여름이 한창임을 알리는군요.

지난번 보내준 소포(책) 잘 받았으며, 매우 고맙게 생각하고 재미있게 읽고 있어요.

소식 무척이나 기다렸지요.

차일피일하다가 이렇게 늦어져 미안하오.

내 친구여,

비로소 사람이 되어 가는 과정은 모든 사람들이 이 세상 사는 동안은 나에게 항상 소중하고 귀중한 순간들임을 알 때인 것 같군요.

그래서 영영 만나지 않을 사람이라도 상대의 이름에 X표를 하지 않을 것이며, 서로를 깎아내리는 일만은 없도록 하면서 부르지도 대답하지도 않으리라.

내 친구여,

어제 일을 생각하면 공연히 부끄러워 못 건디겠어요.

어쩜 세상에!

그럴 수가 있어요.

격렬한 목소리를 낮추어 조용한 말씨로 얘기하렵니다.

그이가 유럽을 간다기에 아침 일찍 일어나 눈곱만 떼고 조반도 안 먹고 공항에 운전해 데려다 주었어요.

공항 출구에서

"금란, 잠깐만!"

하고 남편이 날 부르지 않겠어요.

속으로

'아니, 그러면 그렇지. 돈을 더 주려나 보다.'

역시 말하지 않아도 잘 알아차린단 말이야.

노골적인 표현이나 말은 필요없다며 반가운 마음에서 나지막이 부드럽게 다가가며

"왜요?" 했더니

"나 없는 동안 문단속 잘하고, 차 조심하고, 그저 친구들 많이 만나 남편 흉 실컷 보세요."

그는 왕벌처럼 쏘고 가 버렸어요.

어머! 참 기가 막혀서… 그럴 수가 있어.

어린애 취급하고

아이구 답답해.

긴 머리를 정신없이 흔들며 몸을 비틀고 꼬아대며 춤이나 추러 다니고 싶은데 그럴 용기가 없네요.

갑자기 혼자만의 화려한 변신이라도 하고 싶은 마음만 가득.

2부

✦

삶을 걸으며
계절을 만나다

잡초 예찬

새벽에 일어나 창을 열면 신선한 공기가 방안을 채운다. 밖에는 이미 새들이 깨어나 나뭇가지와 뜰에서 청아한 아침 노래를 들려준다. 요즘 5시면 이미 동이 트기 때문에 아침이 일찍 온다. 멀리 산아래 스탠리 공원도 잠에서 깨는지 아침 안개가 걸려 있다. 이렇게 평화로운 아침이면, 나는 주로 뜰에 나간다. 나의 작은 정원에는 여름 꽃으로 가득하다. 밭에는 채소들이 싱싱하게 자라고 있다. 허리를 굽혀 잡초도 뽑고, 마른 곳엔 물도 주면서 나의 아침이 바빠진다.

정원을 가꾸는 사람들에게 물어보면 잡초가 제일 문제라고 말한다. 그만큼 잡초는 강인하다. 아무리 뽑아도 언제 나왔는지 또 새로운 잡초가 생겨난다. 이렇게 잡초와 싸우다가 나도 모르게 이젠 잡초가 퍽이나 친근하게 느껴진다. 국어 사전을 찾아보면 잡초는

'가꾸지 않아도 저절로 나서 자라는 여러 가지 풀'이라고 풀이했다. 그렇다. 잡초는 저절로 나서 자란다. 누가 가꾸지 않는 천덕꾸러기다. 그럼에도 사랑받는 화초보다 더 건강하고 더 씩씩하게 자란다.

아직도 잡초는 인간 사회에서 해충과 같이 천시를 받고 있지만, 사람들의 인식이 조금씩 바뀌는 것 같다. 밴쿠버 주변의 공공 건물이나 공원 녹지에 잡초를 화초처럼 심어서 키우는 곳이 많다. 심지어 주택 정원에도 카펫 같은 잔디 대신에 잡초를 무성하게 그냥 두는 집들이 많이 생기고 있다. 예전에는 생각도 못했던 현상이다. 예전에는 예쁜 정원에 잡초가 우거지면 눈을 찡그렸지만, 지금은 눈길이 머무는 따뜻한 느낌을 받게 된다.

농사를 짓는 사람들의 말을 들어보면 잡초가 농업의 필수적인 요소이다. 가령 잡초가 있는 밭은 토양이 유실되지 않는다. 가뭄에도 흙이 수분을 머금고 있다. 그리고 토양의 독성을 빨아들여 흙을 중화시킨다. 베어진 잡초는 다시 땅속에 들어가 미생물이 모여 토양을 비옥하게 만든다. 그뿐 아니다. 농작물은 척박한 곳에서 견뎌내는 힘이 약하므로 잡초를 이용해 영양분을 공급받는다. 그리고 최근에는 잡초에서 의약품을 개발하는 열풍이 불고 있다.

전에는 몰랐던 풀들에 대한 새로운 시각, 나도 나이를 먹는다는 의미일까? 아니면 그만큼 인생을 포용하는 여유를 갖는 것인가? 나도 이제부터는 잡초도 귀하게 여기는 자연 사랑을 실천해 보고 싶다.

돌 속에 스며 있는
여심(女心)

두어 달 전엔가 돌을 탐석했다. 예전에는 일 년에 서너 번씩 강가에 가서 탐석을 했지만, 요즘은 자주 가지 않게 된다. 탐석하다가 하마터면 다리를 크게 다칠 뻔한 적도 있었다. 오랜 세월 동안 정열과 성의를 돌에 쏟았지만, 돌 속에 스며 있는 애착은 이루 말할 수 없다.

수석도 엄연한 문화예술이며, 수석은 자연이 다듬은 예술작품이다. 수석이 뿜어내는 신비의 세계에서 때로는 인간의 한계를 느끼게 된다. 오묘한 수석의 세계를 즐기다 보면 그윽한 매력에 빨려 들어가는 것 같다.

언젠가 어느 친구 집을 방문했을 때 수반에 다소곳이 놓여 있는 다양한 수석들을 보고 매우 감탄했다. 어떤 사람을 보면 인간미가 물씬 풍기고 그냥 그대로가 좋은 것처럼 돌도 마찬가지다. 수석 하는 사람들도 이런 맛에 돌을 어루만지고, 쓰다듬어 주고, 수반석에는 물을 뿌리며 사랑을 쏟아 주는 것이다.

　대부분의 초보자들은 탐석하러 가서 잡석이나 마당 돌을 주워
온다. 나도 처음에는 그랬다. 그러다가 이해의 폭을 넓히면 산수경
석, 형상석, 문양석 등에 눈을 뜨게 된다. 모든 일이 그런 것처럼
하루 아침에 수석인이 되지는 않는다.

　수석은 자연 그대로의 자연석이어야 한다. 풍화, 침식으로 바람
든 무우처럼 속이 빈 형상을 하고 있는 수석은 자연석만의 독특한
매력을 지니고 있다. 그런 돌들은 매우 독특해서 가공한 돌이나 조
형석에서는 찾아볼 수 없는 것이
다. 또한 수석은 아무리 모양이
좋더라도 냄새가 좋지 않으면 관
상용으로는 부적합하다.

　원래 자연석은 산에서 강으로
굴러 떨어져 오랜 세월을 거치면
서 하류로 흘러내려온다. 약한
부분의 석질은 빠져나가고, 강한
부분만 남고 마모되어 골곡, 잔
주름, 관통이 생긴다. 고태미(古態
美)를 내기 위해 별별 짓을 다 해
도 자연석이 지닌 아담한 운치의
깊이는 절대로 맛을 낼 수 없다.

수석을 찾아서

　돌을 탐석하기 위해 이른 아침

떠나는 여행길은 어릴 때 소풍을 나서는 기분이다. 그래서 수석 여행은 늘 즐겁다. 강가의 돌밭에는 각양각색의 돌들이 널려 있다. 대자연의 품 속에서 자연을 만끽하며 곡괭이로 파며 수석을 찾다 보면 대자연이 빚어 숨겨 둔 보물을 만나게 된다. 이렇게 발견한 돌을 관찰하다 보면 경이롭다는 생각이 들게 된다. 천지의 오묘한 조화를 고요한 마음으로 가만히 바라볼 때 대자연의 이치를 깨닫게 된다. 세상살이에 정신이 산만하고 근심 걱정이 있더라도 탐석한 돌을 바라보면 마음의 평안과 안정감을 얻게 된다.

돌을 대할 때 순수한 마음, 맑은 눈이 있어야 한다. 수석에는 순수한 시정(詩情)이 어려 있다. 이렇게 수석에 열중하다 보면 이 세상의 온갖 번뇌가 새벽 강가의 안개처럼 사라지고, 그윽한 행복감에 젖게 된다.

수석의 아름다움에 심취해 인적이 드문 산하를 두루 돌며 자연과 인생의 깊은 뜻을 음미하며 살아야겠다. 산과 바다, 강과 하천에서 돌을 찾아다니며 인간의 왜소함과 삶의 덧없음을 실감한다. 돌이 풍기는 단아한 멋과 풍류를 즐기며, 나도 그렇게 살아야겠다.

돌을 사랑해

가을이 되면 배낭을 등에 매고 곡괭이 하나 들고 강가로 돌을 찾아 떠나는 것이 연례 행사다. 돌은 급류가 소용돌이 치는 곳에서 마모되어 거친 부분이 온화하게 다듬어진다. 돌을 보면 세월의 깊은 한을 보는 것 같다.

오랫동안 만나지 않아도 따뜻한 느낌으로 남아 있는 사람이 있듯 돌도 마찬가지다. 수석인들에게 넓은 돌밭은 꿈의 광장이다. 강가에 앉아 살갑게 돌보지 않는 돌을 주워 배낭에 집어넣어 짊어지다 고꾸라지고 자빠진다.

돌은 가공되지 않은 자연 그대로가 일품이다. 돌은 도통 말이 없다. 잘난 척도 하지 않고 자기 자랑도 하지 않는다. 가식도 없고 그저 침묵으로 일관한다. 그토록 입을 다물고 있는 일도 쉽지 않을 텐데…

돌은 매일 봐도 새롭다. 때로는 나를 미소 짓게 하고 귓전에서 속삭임으로 다가오기도 하지 않던가. 돌과 물은 부드러운 만남이다. 물결에 잘 다듬어진 돌은 아주까리기름 바른 머릿결 같이 촉감이 좋다.

나는 돌을 주워다 진열해 놓고 힘들거나 답답할 때 한 번씩 바라보곤 한다. 말없이 마주보고 있노라면 묻어나는 정적에서 운치를 느낀다. 수마 상태가 좋은 오석이 있고, 변화 있는 산수 경석과 형상석, 문양석도 어느 구석에 놔도 나무랄 데 없다.

살아가다 보면 한 번쯤 문득 생각나는 사람이 있듯이 돌도 한 번쯤 다시 보고 싶은 애착이 가는 돌이 있다. 돌도 정을 담은 손길이 많이 간 돌은 손때가 묻어 고태미가 흐른다.

돌을 탐석하러 가면 초보자들은 명석을 줍지 못한 것을 못내 아쉬워한다. 여가선용을 위한 취미 활동은 욕심을 너무 부리면 모양새가 좋지 않다. 동양화에서는 욕심을 채우지 않는 넉넉한 여백과 공간이 있기에 여유로움을 느끼며 마음이 끌리지 않던가? 남이 보면 대수롭지 않고 독특하지도 않은데 때로는 보잘 것 없는 돌에서 그윽한 매력을 느낀다.

조약돌

    나는 수석을 보는 건 좋아하지만 그것에 몰두한 사람은 아니다. 아니 한 번도 강가에서 수석을 위한 탐석을 해본 일은 없다. 하지만 엄격하게 말하면 나에게도 돌을 모으는 취미는 있다고 고백해야 좋을 것이다. 내가 찾는 돌은 기암괴석이나 어떤 희한한 돌이 아니다. 해변에 지천으로 깔려 있는 조약돌들이다. 그래서 사람들에게 나는 수석 하는 사람이라고 말할 수도 없고, 무슨 탐석을 한다고 자랑하지도 않는다. 다만 시간이 나면 해변을 찾아 눈에 띄는 조그만 돌 몇 개를 주워 와서 오래 두고 보는 정도이다.

    수석 하는 사람들은 강변을 주로 찾지만, 나는 해변을 더 좋아한다. 강변에서 발견되는 것은 자갈이고, 바다에서 줍는 것은 조약돌이다. 강변의 자갈은 아직 덜 다듬어진 미완성의 돌이라면, 바닷가의 조약돌은 푸석한 구석은 거의 없는 더 닳을 것 없는 모습을 갖추고 있다. 그래서 비슷하게 생긴 돌이라도 손으로 만져 보면 대번에 냇가에서 온 돌인지 바닷가의 돌인지를 분별할 수 있다.

　내가 살고 있는 밴쿠버는 해변, 즉 잉글리시 베이(English Bay)의 제리코 비치(Jerico Beach)나 스패니쉬 뱅크(Spanish Bank)의 경우 모래는 좋아도 조약돌은 그렇게 많지 않다. 그곳에서 소위 누드 비치로 소문난 렉 비치(Wreck Beach)로 가는 해변에는 조약돌 더미가 있어도 그렇게 좋은 돌을 찾기 힘들다. 파도가 작은 곳에 좋은 돌이 있다는 말이다. 온화하고 평화로운 환경에서는 혁명의 풍운아가 나오지 않는 것도 이런 원리인가? 강철은 불로써 단단해지고 인생은 비바람 찬바람 속에서 인간의 향기를 체득한다는 말이 바로 이런 것을 두고 하는 얘기인가?

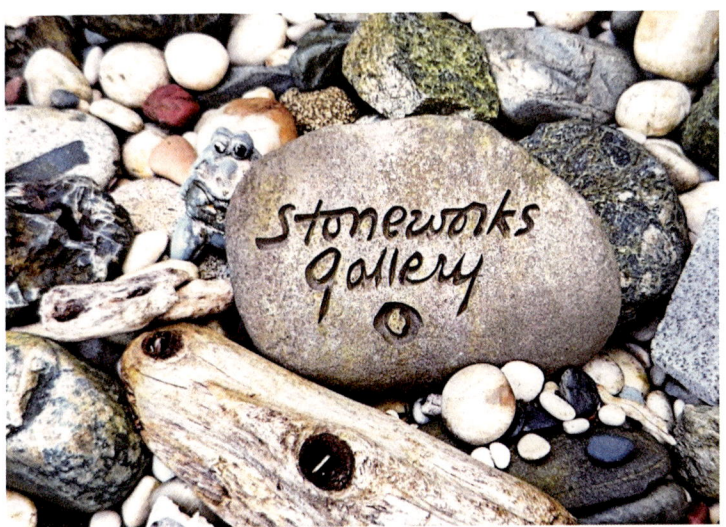

집 마당의 조약돌

밴쿠버를 벗어나 조금 장거리이기는 하지만 선샤인 코스트 (Sunshine Coast)에 가면 이름 그대로 햇살이 빛나는 아름다운 해변 이름에 걸맞게 예쁜 조약돌이 많다. 특히 긴 백사장을 자랑하는 시셸트 부근의 바닷가에는 모래밭이 끝나는 가장자리에 조약돌 더미가 지천으로 있다.

국경선을 넘어 미국 쪽으로 내려가면 오크 하버(Oak Harbor) 길목의 디셉션 베이(Deception Bay) 주립공원과 루미 아일랜드(Lumi Island)에는 각양각색의 조약돌이 유난히 아름답다. 내가 한때 잠시 머물렀던 마나믹 아일랜드, 원주민들이 "하이다 과이"라고 부르는 그 섬은 조약돌에 관한 한 타지의 추종을 불허한다.

나는 바다를 오래 보지 못하면 무슨 병에 걸리기라도 한 듯이 모든 것이 불안하다. 심리학에서 바다는 모성을 상징하는 것이기 때문에 물을 좋아하는 사람들은 어떤 컴플렉스가 있다고 말하기도 하지만, 나는 고향이 동해의 작은 포구였기 때문이라고 보고 있다. 나는 "내 고향 남쪽 바다 그 파란 물이 눈에 보이네"라는 노래를 언제나 "내 고향 동쪽 바다"라고 고쳐서 부른다.

내 유년의 바다는 지상의 낙원이었다. 아침이면 어김없이 떠오르는 붉은 동해의 태양을 바라보며 모래톱에서 해 지는 줄 모르고 조약돌, 조개비 모아 놓고 뒹굴며 놀았다. 놀다가 졸리면 파도가 불러 주는 자장가에 팔을 베고 그 자리에서 잠을 잤다. 놀다가 배가 고파 집에 오면 뺨에 모래가 가득하다고 엄마가 막 꾸중하셨다. 그래도 나는 그 말씀을 이해하지 못했다. 모래가 묻은 얼굴은 멋이 있다고 생각했다.

소년의 바다는 외로웠다. 10리 밖 학교를 비가 오나 눈이 오나 통학하던 그 힘든 날에도 집에만 돌아오면 책보자기를 마루에 던지고는 낚싯대를 들고 곧장 바다로 나갔다. 파도치는 바위에 올라앉아 낚싯대를 드리우고 물고기를 낚았다. 잡은 물고기를 구워 먹는 맛 때문에 낚시를 가는 것은 아니었다. 부족한 집안이 싫었고, 바다가 주는 그 잔잔한 평화로움이 아늑했기 때문이었다.

돌 틈에서 뱀장어를 잡는다면 10여 마리는 금방 낚아 올릴 수 있지만 놀래기, 꺽지는 그렇게 많이 잡을 수 없었다. 그리고 수심이 깊지 않기 때문에 대부분의 고기들은 손바닥보다 작았다. 그 당시 나는 자연보호가 무엇인지 몰랐어도 작은 고기가 올라오면 낚싯바늘을 빼고는 다시 돌려보내 주었다. 물에 던질 때에도 가끔 한마디씩 말을 해주었다. "후에 다시 만나자. 알았지?" 내 손을 스치고 돌아간 고기들은 지금쯤 어디 있을까?

파도가 거센 날은 낚시를 할 수 없었다. 이런 날은 바다가 깊숙이 감추었던 조약돌을 무더기로 해변에 토해 냈다. 나는 파도가 치는 날에도 바닷가에 가서 서성거렸다. 그리고 내가 놓아 준 물고기에게 소식이라도 전할 듯이 조약돌을 주워 파도치는 바다로 돌팔매질을 했다. 큰 돌, 작은 돌, 하나하나 모양새를 살피고는 마치 살아 있는 물고기라도 되는 듯이 바다 속으로 다시 돌려보냈다.

여기는 이국, 두고 온 고향은 저 바다 끝 아득히 먼 곳에 있다. 삶의 무게가 나를 우울케 하는 날은 무작정 바닷가에 나가 앉는다. 밀려오는 파도를 바라보며 하염없이 앉아 있으면, 해변에 밀려온 하나의 조약돌처럼 나는 한없이 작은 존재임을 실감하게 된다. 그러나 청정한 물에 씻긴 빛나는 조약돌을 보면 얼룩지고 때묻은 나도 이런 앙증스럽게 잘 닦인 돌이 될 수 있다는 희망을 갖게 된다.

수석가는 기암괴석을 좋아한다. 뭔가 사연을 담고 있는 희귀한 돌을 탐색한다. 하지만 내가 찾는 돌은 물에 씻기고, 씻기고 또 씻겨서 둥글어진 조약돌이다. 그 조약돌도 본래는 둥글지 않았을 것이다. 큰 돌에서 부서져 나온 울퉁불퉁한 돌이었을 것이다. 그래서 함부로 만지면 손을 다치고, 어디고 놓으면 조심히 다루어야 하는 야(野)한 돌이었을 것이다.

이런 거칠고 모난 돌들이 바닷물 속에 들어갔을 때 자신의 원래 속성은 지니고 있으면서도 형태는 모두 둥글게 변화된다. 물을 거부하고 있는 산악의 돌을 보라. 바다를 거부하고 있는 해변 반대쪽의 부서진 돌들을 보라. 모두 각이 지고 거칠며 만지기 위험하다. 하지만 그 어떤 돌이라도 바닷가에 들어가면 자신의 속성에 따라 다양한 각색의 둥근 조약돌이 되는 것이다.

이 세상의 모든 이별은 아픔을 동반한다. 잘려져 나가는 것은 이별의 일종이다. 사람은 깎이는 것을 싫어한다. 인격이 깎이고, 명예가 깎이고, 체면이 깎이고, 심지어 봉급이 깎이고, 이윤이 깎이는 것도 원치 않는다. 하지만 돌들은 깎이지 않으면 조약돌이 될 수 없다. 깎이지 않으면 둥글게 될 수 없다. 깎일 때는 아픔이 있을지라도 깎인 후에 자신은 훨씬 더 멋진 모습인 것을 알 수 있다. 이런 깎임을 거부한 돌들은 여전히 물에서 울퉁불퉁한 채로 행인의 발길에 채이고 있다. 고통을 인내한 돌들은 해변 은모래 위에 보석처럼 빛나는 조약돌이 되어 다시 세상으로 나오게 된다.

사실 모든 돌이 전부 보기 좋게 둥근 것은 아니다. 어떤 것은 타원형, 어떤 것은 반달형, 그리고 어떤 것은 그냥 둥글지도 모나지도 않는 형태로 되기도 한다. 한 가지 분명한 것은 바다로 들어간 모든 돌은 돌 자체가 아무리 발버둥친다 하더라도 자신의 옛 모습을 그대로 지킬 수는 없다는 것이다. 자신의 의지와는 상관없이 거대한 바다의 흐름 속에 닦이고 깎이고 씻겨서 새로운 모습이 되고 만다. 결국 바다의 돌은 스스로는 아무것도 할 수 없는 맡김으로 말미암아 얻는 새로움이다. 종교적으로 말하면 고행이나 자수양의 결과가 아니라 이신득의(以信得義), 즉 믿음으로 말미암는 의를 말할 것이다.

나는 어디쯤 가고 있는 길손인가? 온 길이 그렇게 멀고 거칠었듯 갈 길 또한 험난하고 어려울지 모른다. 하지만 나는 인생의 바다 속에 들어가 깎이고 닦이는 하나의 돌이어야 한다. 그래서 어느 날, 눈부신 햇살이 빛나는 어느 삶의 바닷가에 하나의 조약돌이 되어 있어야 한다. 푸석한 구석은 깎아지고 모난 곳은 갈아져서 둥글고 아름다운 조약돌이 되어 어느 후일, 아주 먼 후일 파도에 밀려 뭍으로 나오고 싶다.

어느 날 가난한 어부의 어린 딸 손에 들려, 바다 속 동화를 들려주는 마법의 돌이고 싶다. 아니 인생의 예상을 안고 해변을 거닐던 어느 도시인에게 발견돼 황량한 도시의 창가에서 파도 소리를 들려주는 자연이고 싶다.

내 곁에 있는 돌

나는 수석을 좋아한다. 수석은 이제 내 인생에 중요한 부분이 되었다. 한 개의 돌에서 나는 자연을 느끼며, 수석에서 삶의 의미를 배우곤 한다. 수려한 산하, 고요한 호수, 광활한 대지, 수석은 바로 이 모두를 포용하고 있다.

아름다운 수석

난 가끔 기분이 언짢을 때는 청바지를 입고, 차를 몰아 발길 닿는 대로 강가에 가서 수석을 탐색한다. 어떤 이들은 한 달에 서너 번씩 명석을 찾기 위해 다니지만, 난 그렇게 열성적이지는 못하다. 그러나 나도 시간이 날 때마다, 마음이 동할 때마다 산하를 걸으며 수석에 몰두하곤 한다.

소치, 미산, 남농 같은 유명한 화가들은 그들의 빼어난 동양화뿐만 아니라 수석으로도 잘 알려진 분들이다. 그들이 바로 근대 한국의 수석 발전의 선구자들이었다. 그들은 전원에서 살면서 수석을 수집했으며, 자연의 예술품인 수석에 심취했었다. 특히 남농 선생은 그 어떤 인사보다도 수석인들을 먼저 만났고, 그들과 교류했으며, 심지어 수석인들에게 자신의 그림을 선물하거나 자신이 소장한 수석을 선뜻 내어 주기도 했다.

중국 명나라 때의 소중용은 미원장이 소장하던 연산석(連山石)과 자신의 감로사 땅을 맞바꾸었다는 일화가 전해지고 있다. 당대의 명사였던 미원장은 수석을 너무 좋아했으나 자신이 애지중지하던 연산석을 소종용에게 내어 주고는 탄식하며 이렇게 말했다고 한다.

"그 돌이 남에게 한 번 들어간 후에는 내 손 안에서 두 번 다시 볼 수 없구나… 내가 붓을 들어 상상으로 그 돌 그림을 그리니 돌의 모습을 다시 볼 수 있구나. 이제부터는 다시 그 기운이 내 집에서 떠나지 않으리라."

이 일화는 예부터 좋은 수석을 얻기 위해 자신이 아끼는 명당 자리를 내어 줄 만큼 매우 가치 있게 평가했다는 사실을 말해 준다.

대작은 찾기가 좀 힘들지만, 훌륭한 정원석이 될 수 있다. 소품은 오밀조밀하고 아기자기한 특유의 맛을 갖고 있다. 석질이 조금 뒤지거나 형태가 부족한 것이라 할지라도 소장자나 감상자의 상상력 정도에 따라 의미 있는 추상석이 될 수 있다. 수석은 보는 이의 느낌이나 자세에 따라 그 의미와 빛깔을 달리하는 자연의 축소판이다.

돌을 찾아서 산하를 헤매다가 자신이 직접 발견한 수석은 남다른 애정을 갖게 된다. 이렇게 하나둘 모아진 돌들을 곁에 두고 그 맛을 음미하고, 그 멋을 감상하면서 기뻐하는 것이 수석인의 행복이다.

봄을 맞으며

봄은 길모퉁이에 와 있을 때
잃어버린 언어를 찾아 말없이
그는 샴페인을 마시고
나는 핑크 레드를 마셨다.
순수한 충청도 토박이가 파리쟁이 된 기분이다.
분위기가 좋다. 아무튼 기분이 좋다.
잠자던 우주는 활기가 돌기 시작한다.
지금, 타오르는 뜨거운 정열을
봄 산수유꽃처럼 활짝 활짝 피어났다.
살아 있다는 것은 멋진 일이다.
거기에다 아직 젊다는 것은 더 멋진 일이다.
동안보다 동시에 무게를 두어라.
서서히 거미배처럼 통통해 가는 허영,

젊은 시절 마당의 꽃을 보며

순식간에 자라 꽤 활발하게 움직이고 있다.

삶이 엉망으로 끝나지 않기를 바란다.

봄은 조금씩 조금씩

작은 틈에 일렁이며 피어난다.

공동(空洞)으로 뚫린 가슴팍이 차츰

파랗게 물들며

희망으로 이어지는

신비를 찾을 무렵, 비로소

뚜렷이 이름 석 자 적고 엽서를 띄운다.

여름 정원에 꽃이 핀다

올봄은 비가 자주 와서 나무들이 더욱 푸르다. 정원에 꽃들도 싱싱하게 피고 있다. 토양은 습기를 가득 머금었다. 여름에 조금 가물어도 올여름은 큰 걱정 없이 보낼 것 같다. 밴쿠버는 잔디에 물 주는 규정을 두고 있다. 짝수 번호 주소를 가진 주택은 토요일 아침에 물을 주고, 홀수 번호는 일요일 아침에 물을 줄 수 있다. 이런 규정을 어기면 벌금으로 250달러를 내야 한다.

아침에 일어나면 정원을 돌아본다. 여름이 다가오면서 온갖 꽃들이 피고 있다. 꽃들은 저마다의 색깔과 향으로 마음껏 자기 존재를 뽐내고 있다. 우아한 작약이나 수국도 있고, 아주 작은 꽃들도 어우러져 정원을 아름답게 장식한다. 특히 데이지꽃이 무더기로 하얗게 핀다. 데이지는 '마가릿'이라고도 부른다. 한국에는 가을에 쑥부쟁이와 구절초가 데이지와 비슷하다. 이곳에서 자라는 데이지는 주로 샤스타데이지이다. 안도현 시인의 〈무식한 놈〉이라는 시는 무척 재미있다.

"쑥부쟁이와 구절초를 구별하지 못하는 너하고 이 들길 여태 걸어 왔다니-- 지금부터 너하고 절교다!"라고 했다. 쑥부쟁이, 구절초, 데이지꽃이 너무 비슷하기 때문에 구분하기 어렵다. 그렇다고 절교를 한다는 것은 너무 오버한 것 같다.

마당에 핀 꽃들

정원을 바라보노라면 마치 인간 세상을 보는 것 같다. 멋진 꽃, 향기 짙은 꽃이 있는 반면에 아주 작고 앙증맞게 피어나는 꽃도 있다. 그들 속에 환영받지 못하는 잡초가 자란다. 잡초는 돌봐 주지 않아도 잘 자라고, 무관심해도 불평 하나 없이 한여름을 보낸다. 꽃들이 가득한 정원은 마치 인간 세계를 닮았다. 예쁘고 향기로운 꽃이 있는 반면에 정원을 어지럽히는 잡초들이 솟아난다. 남에게 유익함을 주지 못해도 피해를 주지 않는다면 성공한 삶이다. 인간 관계에서 유익함을 주지는 못해도 피해를 주는 사람이 되지는 말아야 한다. 이것이 인간 관계의 기본이다.

사람은 사회적 존재로서 다양한 사람들을 만나면서 살아간다. 그 속에서 사람끼리 많은 것을 배운다. 가끔 나를 필요로 하는 사람들이 있으면 힘 닿는 대로 도우려고 애쓴다. 누군가가 나를 필요로 한다는 것은 즐거운 일이다. 꼭 큰 것을 주기 때문에 가치 있는 것은 아니다. 따뜻한 말, 용기를 주는 말 한 마디가 타인에게 기쁨을 준다. 이렇게 하는 것은 쉬운 일이 아니다. 마음의 여유가 없으면 따뜻한 말을 할 수 없다. 상대방을 인정하지 않으면 용기를 북돋는 말을 할 수가 없다.

유튜브에 들어가면 나이 들면서 사람을 조심하라는 조언이 많다. 심지어 아예 사람을 많이 만나지 말라고 얘기한다. 좋은 사람을 만나면 기쁨이 되지만, 안 좋은 사람을 만나면 도리어 부담이 된다. 우리 주변에는 꽃처럼 향기 나는 사람이 있는가 하면 잡초처럼 내 삶의 자리를 힘들게 하는 사람들이 있다.

다른 사람에게 호감이 가는 사람이 되는 것은 쉬운 일이 아니다. 사람은 자기를 칭찬하는 사람을 좋아하고, 인정받기를 모두가 바라기 때문이다. 그러나 사람은 나이 들면서 칭찬보다는 비평이나 비난이 앞선다. 상대를 인정하기 보다는 상대를 얕보는 성향이 더욱 크다. 비평이나 비난으로 이뤄지는 일은 거의 없다. 비평으로 상대를 바꿀 수 없다. 그런데 사람들은 마치 상대를 바꾸려고 하는 집요한 습성이 있다.

계절이 지난 정원에는 꽃들이 가득하다. 새들은 나뭇가지에 앉아서 노래하고, 풀벌레 소리가 여름 밤을 노래한다. 은은한 꽃의 향기를 맡으며 정원을 거니는 것은 삶의 행복이다. 그러나 정원에는 꽃만 있지 않다. 잡초도 자라고 엉겅퀴도 있다. 울타리를 타고 블랙베리 덩굴이 들어오기도 한다. 세상을 살면서 예쁜 꽃이 되고 싶다. 사람들에게 위로를 주는 인심 좋은 사람으로 알려지고 싶다. 화목하고 포용하는 그런 사람이 되고 싶다.

가을

가을이 오는 소리가 조금씩 들립니다.
칭얼대는 가느른 바람소리는 고독한 하늘 자락에
감겨들고 있습니다.

후줄근한 낙엽이 깔린 새벽길을 걸을 때면
끔찍하게 고독하고 싶어집니다.

내가 그리워하는 것은
끝없이 심연 속을 헤매는 그 양입니다.

진지한 생각의 마디 마디 아득히 먼 전설을
주워 모을 때 느닷없이
내 가슴속을 가득 채워 오는 무늬 놓으면
어느새 시린 속살의 입김처럼 따뜻합니다.

내가 외로울 때면 기대어 위로 받을 친구는
걷거나 달려서 갈 수 없는
아득한 태평양 건너편에 있습니다.

창백한 환상(幻想)이 서서히 번지고 있는데
철저하게 혼자 있고 싶어집니다.

한동안 잃어버렸던 많은 순간을 모을 때
난 미친듯이 그리워하고 있습니다.

행복은 항상(恒常) 마음에 있는 것
삶을 긍정(肯定)하노라면
얄팍한 여린 가을의 햇살은
그냥 말 없이 머물며
봄 부비어 줍니다.

밴쿠버 가을 서정

밴쿠버는 위도 상으로 북쪽에 위치한 침엽수림 지대이다. 침엽수림은 상록수이기 때문에 늘 푸르다. 그래서 가을 단풍은 별로 볼 게 없을 것 같다고 하지만, 밴쿠버를 잘 모르는 사람들이 하는 말이다. 캐나다의 동부에 비할 수는 없지만 이곳도 가을 단풍은 참 아름답다.

지난 9월은 비가 자주 내렸다. 예년 같으면 8일 정도 비가 내리지만 올해는 19일이나 내렸다. 비가 자주 내리기는 했어도 강우량이 많지 않았다. 그래서 물난리가 났거나 침수지대가 생기지는 않았다. 비가 자주 내려서 그런지 올해는 단풍이 무척 예쁘다. 멋진 단풍을 볼 것 같다고 사람들이 설레고 있다.

밴쿠버의 단풍은 스콰미시 계곡에서 시작하여 웨스트 밴쿠버를 타고 내려온다. 동쪽으로는 프레이저 강을 따라 곱게 물든다. 서쪽에서 동쪽에서 앞서거니 뒤서거니 하면서 서로 달려와서 밴쿠버에서 활활 탄다. 스탠리 공원에서 서로 만나서 피날레를 장식하고, 추적추적 내리는 겨울비를 맞으며 작별한다.

 가을날 차를 몰고 호프나 칠리왁을 가보면 단풍이 놀랍다. 강을 따라서 자작나무 숲이 눈부시게 아름답다. 칠리왁 강을 따라 낙엽송들이 바늘 같은 잎을 마구 뿌린다. 여름날에는 상록수 침엽수림으로 알았는데 가을엔 낙엽이 지는 것이 특이하다. 새들은 나뭇가지에서 분주히 노래하고 다람쥐들도 겨울 준비에 한창이다. 옷을 벗은 낙엽송 나무들 사이에 가을꽃들이 바람에 흔들린다.
 밴쿠버의 특징은 가을이 무척 길다. 9월 중순부터 시작하여 늦으면 11월 말까지 가을이라고 말할 수 있다. 어떤 해는 12월 초에도 잎을 떨구는 가로수길이 많다. 가을이 길어서 사람들은 천천히 가을 정취를 즐길 수 있다. 가을 길을 걸으며 추억에 젖기도 한다. 마음을 나누는 지인끼리 카페의 창가에 앉아 있어도 좋다.

 나는 아름다운 가을이 있는 밴쿠버를 사랑한다. 투명한 물빛을 좋아한다. 호젓한 바닷길을 자주 걷는다. 가랑비라도 내리는 날에 레인코트에 우산을 들고 걸으면 가슴 가득 감동이 밀려온다. 삶이 가을 물빛처럼 투명한 것을 좋아한다. 일상이 무척이나 심플하다는 것은 밴쿠버에 사는 사람들의 매력이다.

다시 온 가을은 없다. 언제나 가을은 새롭다. 새로 사람을 만날 때처럼 가을을 맞을 때도 기대감이 있어야 한다. 설레임이 있어야 긴장한다. 기대감이 없는데 감동이 있을 수 없다. 내 생애 처음 만나는 올해 가을, 빨리 가지 않도록 손을 잡아 주고 싶다. 가을과 함께 걸으며 도란도란 옛 얘기를 나누고 싶다.

밴쿠버의 가을 어느날

가을이 주는 행복

창문을 열면 양지바른 언덕배기에 심은 감나무가 눈에 띈다. 감나무 잎은 다 떨어지고 앙상한 가지에 주홍빛 감이 대롱대롱 매달려 있다. 눈물이 나올 정도로 기특하고 반갑다. 감 한 개가 매달려 있는 감나무 한 그루는 가을이 나에게 주는 큰 선물이다. 언제 떨어질지 모른다.

이 아름다운 가을 풍경을 놓치기 전에 사진으로 남기고 싶다. 10년 전에 지인이 선물로 준 감나무이기에 유난히 애착이 간다. 감나무 가지에는 가을볕이 쏟아져 들었고, 파란 하늘과 흰 구름도 드리워져 있었다. 밤이면 휘영청 걸린 달 아래 장독대 옆 감나무 가지에 달린 감이 더욱 운치 있어 보인다. 한 폭의 그림이다.

꽃과 나무와 돌을 좋아하는 나는 틈만 나면 정원을 산책하는 것이 큰 즐거움이다. 정원과 여자는 가꾸어야만 한다는데….

　지난달에는 곰이 감나무 밑에 배설물을 남겨 놓고 갔다. 곰은 절
대로 바보도 아니고 미련한 동물도 아니다. 넓적한 발바닥으로 자
두나무 가지에 올라 자두를 모조리 따먹는 모습을 보면 신기하다.
때로는 곰처럼 우직하고 투박한 사람이 좋은 때가 있다. 양은 냄비
보다 오지그릇이 좋은 것처럼…. 친구를 사귈 때도 너무 똑똑 소리
가 나는 똑똑한 사람은 어쩐지 접촉하기가 망설여진다. 꿀리는 느
낌이 든다. 사람이 살면서 가끔 실수도 하고 그래야지 상대방을 많
이 이해한다. 철두철미하고 빈틈이 없는 인격의 소유자라면 이쪽
이 항상 주눅이 든다. 그렇지만 일부러 바보스러울 필요는 없다.

　살아가면서 나는 얼마나 남편한테 똑똑한 체했던가…. 남편이 정
원에서 일하며 꽃나무는 모조리 다 뽑아 버리고 잡초만 남겨 놓았
을 때 얼마나 핀잔을 주었던가…. 감나무를 바라보며 13년 전 하
늘나라로 간 남편이 한없이 그립다. 계곡의 물소리도 주홍빛이 들
어 나를 설레게 만든다.

　인생은 나그네 길, 어디로 가는가. 어김없이 찾아오는 계절 흘러
가는 세월을 잡아맬 수도 없는구려.

　행복은 삶의 하찮은 것, 소소함에서 오는 것이다. 가을은 뿌린

것을 거두는 계절이다. 낙엽을 밟고 향수에 젖는 계절. 도토리, 밤송이, 호두를 줍던 어린 동심의 계절을 회상하게 된다. 시인은 시상에 잠기고, 소설가는 소설을 구상하고, 수필가는 수필을 쓰지 않고 못 배기는 사색의 계절이기도 하다.

가을 바람이 내 긴 머리카락을 사정없이 흐트러 놓았다. 가을은 내향적인 가라앉음과 맑음이다. 그래서 우리 머리와 마음도 청명해진다.

가을아! 얼른 가지 말고 내 곁에 오래 머물러다오. 머지않아 팻분의 '화이트 크리스마스' 노래가 울려퍼지며 성탄 분위기를 띄워주겠지….

따스한 가을 햇살의
오후

    캐나다의 가을 단풍은 동부 지역이 유명하다. 토론토가 있는 온타리오 주와 퀘벡 주는 세계에서 가장 아름다운 가을 단풍을 자랑한다. 알곤킨 공원과 나이아가라 폭포 주변의 가을 풍경은 지상에서는 볼 수 없는 빼어난 단풍을 보여준다. 그리고 캐나다의 수도 오타와는 세상의 어느 캐피털 중에 단풍을 치자면 최고라고 말할 수 있다. 캐나다 국기에 붉은 단풍을 넣은 것은 세계가 인정하는 단풍이 아름답기 때문이다.

    밴쿠버는 동부에 비하면 조금 떨어지기는 하지만, 여기서도 아름다운 가을 단풍을 볼 수 있어서 다행이다. BC 주 대부분의 산천에 침엽수림이 무성하기 때문이다. 그러나 곳곳에 따라 활엽수림이 무리지어 자란다. 들녘이나 강가에서도 빛깔 좋은 가을을 즐길 수 있다. 가까운 스탠 리 공원이나 퀸엘리자벳 공원 또는 버나비의 디어

레이크는 단풍이 무척 곱다. 차를 몰고 밴쿠버 외곽 지역으로 나가면 청정하고 조용한 활엽수림을 볼 수 있으며, 단풍이 한 폭의 그림처럼 아름답다.

흰머리 독수리들이 모여드는 스콰미시의 강변이나 미니 밴프 공원이라고 칭하는 펨버턴이 특히 멋지다. 펨버턴엔 은사시나무라고 칭하는 아스펜 군락지가 있으며, 노랗게 물든 가을날의 풍경은 너무도 따사롭다. 꽃은 낮은 곳에서 높은 곳으로 오르며 피지만, 단풍은 높은 곳에서 낮은 곳으로 내려오며 물든다. 사람은 찬 바람에 옷을 더 입지만, 나무들은 추우면 옷을 벗는다. 사람과 나무는 겨울에 대해 상반된 준비를 한다.

밴쿠버의 단풍은 주로 노란색 계열이다. 그러나 올해는 유난히 붉은 색조가 뛰어나다. 가을에 잎새들이 노랗게 물드는 것은 카로틴 색소 때문이다. 붉게 물드는 것은 안토시아닌을 머금고 있기 때문이다. 주황색은 크산토필이 풍부하다. 가을의 날씨와 기온에 따라 붉은 단풍이 되기도 하고, 꽃처럼 아름다운 노랑색을 피우기도 한다. 가을 들녘에서 단풍을 볼 때 아름다운 풍경의 탄성뿐만 아니라 무언으로 들려주는 인생의 교훈도 얻을 수 있다.

푸른 잎이 붉게 물드는 것은 자연의 이법이다. 삶은 영원하지 않으며 스쳐 지나가는 과정이다. 이것은 시간 여행이다. 단풍은 결국 낙엽이 되어 떨어지고 흔적도 없이 사라진다. 삶이란 유한하며 긴 여행길이다. 그렇다고 슬퍼하거나 허무할 필요가 없다. 그 긴 여름을 보내고 탐스러운 열매를 맺는 과일나무처럼, 우리네 인생도 그렇다. 삶이란 아무리 이름 없는 생명이라도 세상에 존재의 발자취를 남기고 저마다의 사연과 얘기를 담고 있다.

　가끔 따스한 가을 햇살이 눈부신 날에 단풍나무 숲을 걷고 싶다. 한 폭의 그림처럼 화사한 가을에, 나뭇잎이 떨어져 뒹구는 공원 벤치에서 앉아서 따사로운 햇살에 얼굴을 쪼이고 싶다. 결실의 의미와 떠남의 여정을 생각해 보고 싶다. 생각나는 시라도 한 구절 읊조리면 가슴엔 아름다운 가을의 서정으로 가득하다. 강가나 해안가에서 바람에 서걱이는 갈대, 들녘과 언덕에서 눈물겹도록 아름다운 억새, 가을이 선사하는 계절의 행복이다.

　아름다운 서정시를 많이 지은 나태주 시인은 "자세히 보아야 예쁘다. 오래 보아야 사랑스럽다."라고 했다. 가을바람에 흔들리는 들국화 한 송이, 갈대, 바람에 팔랑거리는 가지 끝의 단풍잎 하나. 가끔은 분주한 걸음을 멈추고 조용히 눈길을 주고 싶다. 따스한 가을 햇살이 눈부신 어느 오후의 시간에.

햇살이 좋은 오후, 쇼핑몰에서

밴쿠버의 겨울 안개

요즘 들어 밴쿠버는 짙은 안개가 끼는 날이 많아졌다. 안개가 너무 심하게 껴서 한치 앞을 볼 수 없을 정도다. 스탠리 공원과 라이온스 다리가 안개 속에 잠겨 있다. 곳에 따라 안개가 끼는 것이 아니고, 지역 전체가 짙은 운무 속에 잠겨 있다. 새벽 안개는 아침이 되면 흔적 없이 사라지지만, 요즘 밴쿠버 안개는 종일 도시 전체를 덮고 있다. 심지어 도시의 가장 높은 빌딩까지 안개에 잠겨 되어 지척을 구분하기 어려운 안개 도시로 변해 있다.

아침에 일어나 창을 열고 도시 아래를 내려다보면, 밤 사이에 진주해에 도착한 적군들처럼 안개가 빽 둘러싸고 있다. 바다도 안개에 의해 보이지 않는 먼 곳으로 유배당해 버리고 있다. 꼬리에 꼬리를 물고 달리는 차량 행렬도 어디론가 증발하고 적막한 안개만이 가득하다.

안개 때문에 인근 섬과 마을을 연결하는 대부분의 수륙양용 비행기는 운항을 중지했으며, 밴쿠버 국제공항도 안개 때문에 비행기 운항이 순조롭지 못하다고 한다. 도로 위의 자동차들은 눈길을 달리는 것처럼 서행 운전을 하고 있고, 안개 때문에 운전자들은 조바심 운전을 하고 있다.

지난 연말엔 폭설이 내려 도시를 마비시켰다. 40년 만에 적설량이 가장 많았다고 한다. 겨울 눈에 준비가 안 된 도시는 갑자기 내린 폭설로 마비 상태가 되다시피 했으며, 큰길을 제외한 작은 도로에 눈을 치우지 않아 자동차 운행은 물론, 주차까지 보통 어려운 게 아니었다.

밴쿠버의 겨울 도로

그 후 며칠에 걸쳐 여름날의 장맛비처럼 비가 내리더니 도시를 덮어 둔 눈은 이제 거의 녹아 버렸다. 그러고는 안개가 연일 도시를 덮고 있다. 매일 안개주의보가 발표되고 있다. 이번 겨울 밴쿠버는 눈과 비, 그리고 안개로 채워져 있다.

도시 전체는 연일 안개로 지척을 구분할 수 없지만, 밴쿠버 산등성이 스키장들은 구름 한 점 없는 눈부신 햇살 아래서 스키어들은 스키를 즐기고 있다. 안개를 뚫고 산에 오른 스키어들은 지척을 구분할 수 없는 짙은 운무의 도시를 내려다 보며 파란 하늘과 눈부신 은백의 세계에서 슬로프 위를 질주하고 있다. 안개가 아무리 짙어도 그 안개 위에는 푸른 하늘과 빛나는 햇살이 있다는 것을 안개 속에 있는 사람들은 알고 있을까?

헤르만 헤세의 「안개 속에서」라는 시가 생각난다.
안개는 일시적인 기상 현상이다. 차가운 지표면과 기온이 올라간 대기 사이에 생성되는 작은 물방울이 안개이다. 그러므로 안개는 잠시 후면 사라지는 것이다. 안개가 제아무리 짙다고 하여도, 그래서 숲과 들과 나무를 혼자 있게 하고, 고독하게 만들어도, 결국 안개는 걷히게 된다.

밴쿠버는 비에 젖어

밴쿠버는 세상에서 가장 살기 좋은 곳으로 손꼽힌다. 도시를 병풍처럼 둘러싼 높은 산에는 여름에도 흰 눈이 덮여 있고, 뗏목이 떠내려가는 큰 강에는 서부 개척 시대를 연상하는 낭만이 피어오른다. 청정한 바다, 시원한 파도, 수목으로 잘 단장되고 정리된 도시는 한 폭의 풍경화를 그려 낸다.

그러나 빛이 강하면 어두운 그림자가 짙듯이 이 도시 또한 단점은 있다. 그것은 바로 겨울에 내리는 비 때문이다. 늦가을부터 내리기 시작한 비는 봄까지 내린다. 전에는 우산 없이도 걸을 수 있는 운치 있는 가랑비였으나, 요즘은 겨울 비도 유난히 억수같이 내려 여름 장마를 연상케 한다.

내가 처음 밴쿠버에 왔을 때만 해도 우산을 들고 다니는 사람을 그렇게 많이 본 것 같지 않다. 레인코트에 겨울 가랑비를 맞으며 걸는 모습에서 일종의 운치를 느끼곤 했다. 그러나 이젠 비를 싫어하는 동양인들 뿐만 아니라 서양인들도 손에 우산을 들고 출근하는 모습을 자주 볼 수 있다.

비를 싫어하는 사람들은 이런 비를 지겹다고 만나는 사람마다 불평이고 불만이다. 허구헌 날 비가 내린다며 원성이 높다. 특히 처음 이민 온 한인 동포들이나 다른 곳에서 밴쿠버로 이주해 온 사람들에게서 듣는 공통적인 불만은 바로 겨울비에 대한 것이다. 심지어 겨울비가 자꾸 내려 우울감을 호소하기도 한다. 그러므로 비를 싫어하는 사람에게 밴쿠버는 지옥의 도시라고 말할 수 있다.

비처럼 정겨운 나의 좋은 친구들과 함께

대부분의 사람들이 그렇듯이 나도 처음에는 밴쿠버의 겨울비를 좋아하지 않았다. 특히 수석에 취미를 갖게 되면서 비가 오는 날에는 탐석(探石)을 하러 갈 수 없기 때문에 비를 탓하기도 했다. 그러나 세월이 흘러 이 도시에 익숙해지면서 나도 모르게 어느새 비를 좋아하게 되었다.

나는 눈이 많이 내리는 유럽의 스칸디나비아에서 오랫동안 살았다. 눈이 내리는 북구(北歐)의 겨울은 그림 엽서에서나 볼 수 있는 멋과 운치가 뛰어나지만, 눈으로 인한 불편한 점도 많이 있다. 특히 눈이 많이 내린 길을 자동차로 다니기는 위험하기도 하고, 매우 불편하여 겨울이면 운전을 매우 조심하게 된다.

북구가 아니라도, 에드먼턴이나 캘거리 사람들이 겨울에 얼마나 고생하는가를 익히 알고 있다. 특히 토론토는 겨울이 춥고 눈이 많이 내려서 눈 때문에 고생하는 얘기를 신문이나 방송을 통하여 수시로 듣는다. 특히 올해 겨울은 유난히 추웠고, BC 주 중북부가 영하 40도까지 내려가고 눈 폭풍과 눈사태로 많은 인명 피해를 겪은 것을 듣게 되면서 밴쿠버에 눈 대신 비가 내린다는 것은 그래도 다행이라고 생각하게 된다.

밴쿠버는 비가 많이 내리기는 하지만, 물 빠짐이 좋아서 도시의 어디를 가도 비 때문에 질척거리지 않고, 아무리 비가 많이 내려도 물난리 때문에 고생하는 일은 없는 특이한 도시이다. 그래서 그런지 이곳에 사는 사람들은 비를 탓하거나, 비를 원망하는 얘기를 듣기 힘들다. 도리어 비를 좋아하고 즐기며, 비가 내려도 스탠리 공원 해안 길에는 늘 산책하는 사람들을 볼 수 있다.

나에게 비는 무척이나 정겨운 손님과 같다. 창가에서 커튼을 열고 내리는 비를 물끄러미 바라보면 마음이 평온해진다. 마음 속이 깨끗해지는 것을 느낀다. 비는 가슴을 어루만지는 진정제이며, 비는 마음을 정갈하게 씻어 주는 청정제이다. 그리고 비는 도란도란 옛 이야기를 들려주는 옛 친구와 같다.

장독대가 있는 풍경 1

채송화가 빨갛게 핀 장독대에 나팔꽃이 피었다. 울타리 옆에는 연분홍색 봉숭아가 한아름 피어 있다. 지금도 고향 집 장독대를 생각하면 코끝이 찡하다. 백일홍, 맨드라미가 핀 유년의 고향집, 장독대가 있는 풍경이다.

예전에 장독대의 장맛을 보고 딸을 데려간다는 말이 있었다. 장독대를 보면 안주인의 사람됨을 알 수 있다. 그 딸의 됨됨이까지 견주어 볼 수 있다고 했다. 그래서 장독대는 실용적으로는 가족들의 건강을 챙기는 맛을 주지만, 집안의 내력을 보여주는 장식이기도 했다. 그래서 아낙네들은 장독대를 윤이 나게 닦았으며, 그 주변에 꽃이나 자갈을 놓아 예쁘게 장식했다.

스웨덴에서 살다가 캐나다로 와서 웨스트밴쿠버 산자락에 집을 마련했다. 바다가 내려다 보이는 아름다운 조망이 무척이나 마음에 들었다. 뜰에는 풀장이 있었으며, 그 주변에는 꽃을 심었다. 그리고 10여 개의 독을 가져다가 장독대를 마련했다. 옹기를 한꺼번에 모은 것은 아니다. 어떤 지인이 선물한 것도 있고, 이곳 한인 마켓에서 구입한 것도 있다. 이렇게 해서 고향의 장독대가 캐나다에서 자리를 잡았다.

장독대는 고향의 정취를 보여주는 장식 목적이었다. 장이나 고추장, 간장을 담그려고 장독대를 마련한 것은 아니다. 언젠가 지인이 집에서 직접 담근 된장을 주셨기 때문에 장독에 담았다. 장식용 뿐만 아니라 실용적인 기능을 갖게 되었다. 어느 날 아침, 뜰에 나가 보니 곰이 들어와서 장이 담긴 장독을 모두 망쳐 놓았다. 캐나다의 곰들도 한국의 장맛을 아는 듯했다. 그런데 놀라운 것은 곰이 우악스럽게 장독을 굴리면서 된장을 먹었는데 깨진 것은 없었다. 한국의 질항아리가 무엇이나 단단하다는 것을 알게 되었다. 그런 일이 있고 난 후, 장독에 장을 보관하는 일은 하지 않는다. 귀하게 다루어야 할 고향의 정취인데 곰이 망치면 다시 구하기 어려우니까 말이다.

마당의 장독대

장독대가 있는 풍경 2

나이가 들면서 그리운 것들이 많다. 정겨운 시골 돌담길과 초가지붕의 하얀 박꽃, 울타리를 타고 올라가는 나팔꽃과 분홍빛 봉숭아. 그 꽃을 따서 친구와 함께 손톱에 물을 들였던 어린 시절의 기억, 반세기도 안 되었는데도 우리가 잃어버린 것들이 너무 많다. 가끔 조용한 날에 고개를 들어 추억에 잠기면 아련히 떠오르는 그리운 얼굴들, 가슴을 뭉클하게 하는 따뜻한 풍경.

아파트와 같은 집단 주거 시설에서 주로 사는 사람들에게 특히 옛것은 찾아보기 어렵다. 현대라는 이름으로 그런 것은 기억에서조차 사라져 우리의 뇌리에서 잊혀 갔다. 세월의 바람과 구름이 흘러가도 잊히지 않는 풍경, 그중에 하나가 바로 장독대이다. 모든 집마다 장독대가 있었다. 장독대는 반드시 집 뒷마당에 자리하고 있었다. 시골의 종갓집은 장독대가 엄청나게 컸지만, 가난한 사람도 큼직한 장독은 몇 개 세워 놓고 살았다. 그것은 생존의 수단이었으며 먹고 사는 중요한 양식이었다. 심지어 장독대에서 정화수를 바쳐 놓고 집 떠난 가족의 건강을 두 손 모아 빌었던 성스럽고 은밀한 기원의 공간이었다.

　장독은 장을 담아 두는 독을 말한다. 그런 독을 여러 개 가지런히 모아서 세워 둔 것을 장독대라고 했다. 한국의 여자들은 어릴 때부터 장 담그는 법을 배웠다. 그리고 시집가서 처음 하는 일이 시댁의 장독대를 관리하는 것이다. 여자들은 장독대에서 고양이를 어루만지며 고향 집을 그리워했고, 채송화와 맨드라미, 봉숭아를 키우면서 시집살이를 참아냈다. 한국인에게 장독대는 모성을 상징하는 공간이었다. 우리네 어머니의 인생이 담겨 있다. 고향을 떠나 타지에 살지라도 고향집 장독대의 어머니를 생각했다.

　오늘 같은 과학의 시대, 첨단기기가 생활을 지배하는 시대에 지난간 일들이 그리운 것은 그곳이 우리의 고향이기 때문이다. 우리가 나이를 먹는다는 것은 다시 못 올 것에 대한 그리움이 쌓여 간다는 뜻이다.

텃밭을 가꾸며

조그만 정원에 연둣빛이 속삭이듯 다가온다. 봄이 시작되면 언덕 윗집에 사는 나는 바쁘다. 나는 흙냄새를 좋아한다. 꽃삽을 들고 정원으로 나간다. 쑥을 뜯고 달래를 캔다. 소쿠리 안에서 초록빛 푸성귀가 아우성치고 있다.

앞 뜰 정원엔 단풍나무가 싹을 틔우고, 그 아래 모란이 뾰족뾰족 나오고 있다. 무궁화나무와 감나무는 조금 늦게 잎새가 돋아난다. 개나리꽃이 피고 진달래가 뒤를 잇는다. 머지않아 백목련과 자목련이 눈부시게 하얀 손수건처럼 수줍게 피어나리라.

집 옆 텃밭에는 민트, 원추리, 민들레, 질경이와 이름조차 알 수 없는 많은 야생초가 새록새록 솟아난다. 자연의 싱그러움은 나를 즐겁게 한다. 자연을 가까이하면 마음이 한결 여유롭고, 너그럽게 된다고 한다. 요즘은 비행 청소년들을 교화하는 방법 중의 하나로 꽃을 가꾸게 한다. 이것을 원예요법이라고 한다. 북미나 한국에서 요즘 각광을 받고 있다. 정신적인 문제를 갖고 있는 사람이 자연과 벗하며 꽃과 풀을 가꾸면 건강하게 된다고 한다.

마당엔 반질반질 윤이 나는 크고 작은 13개의 투박한 옹기 장독들이 따스한 햇살을 받으며 줄지어 있다. 그 옆으로 내가 틈틈이 모은 수석이 줄지어 있다. 좋은 수석을 집안에 놓는 것도 좋지만 뜰에 놓고 보는 것도 운치가 있다. 세월이 흐르면 돌들이 주변의

앞마당

화초나 풀들과 어우러져 보기 좋게 조화를 이룬다. 풀벌레들이 돌 밑에 집을 짓고 청아한 목소리로 노래를 들려준다.

해마다 정성을 다해 키워 낸 채소가 밥상에 오를 때는 기쁨이 가득해진다. 바질, 로즈메리, 파슬리 등 허브는 은은한 향기도 좋으며, 조금씩 솎아서 싱싱한 그대로 먹으면 한결 힘이 나는 것 같다. 지난해 여름에는 봄에 심었던 상추, 파, 부추, 호박, 오이, 깻잎과 고추가 내 여름 밥상을 풍성하게 해 주었다.

텃밭에 갖가지 푸성귀와 허브를 심어 놓고 가꾸는 일은 나의 작은 행복이다. 나는 마음이 허전할 때나 조금은 무료할 때 텃밭에 나가기를 좋아한다. 아름다운 꽃들이 피어나는 텃밭에서 무럭무럭 아우성치며 자라나는 푸성귀를 바라보면 삶의 스트레스가 사라지는 것 같다. 내 손으로 직접 거름을 주고, 잡초를 뽑고, 물을 주며 정성을 다한다. 손길이 간 텃밭의 푸성귀와 허브가 싱싱하게 잘 자라면 무척이나 즐겁다.

텃밭이 없는 아파트 주민들을 위해 밴쿠버 시에서는 '커뮤니티 텃밭'이라는 것을 운영한다. 1년에 얼마의 사용료를 내면 경작할 작은 땅을 얻는다. 현재 75개의 커뮤니티 가든(community gardens)이 시 전역에 있다. 워낙 인기가 좋아 텃밭을 사용하고 싶으면 신청해서 1~3년씩 기다려야 한다. 이런 텃밭은 밴쿠버 시 뿐만 아니고, 버나비, 써리, 코퀴틀람 등에서도 있다. 손수 흙을 만지며 채소를 가꾸고 싶은 주민은 시에서 운영하는 이런 텃밭을 사용할 수도 있을 것 같다.

그동안 푸성귀와 허브를 기르며 배운 것이 많다. 식물도 사람처럼 사랑을 받아야 잘 자란다는 것을 알게 되었다. 가끔씩 칭찬도 하고, 예쁘다고 말하면 더욱더 잘 자란다. 여름날에 새들이 나뭇가지에서 아름답게 노래하면 꽃들이 좋아한다. 허브가 더욱더 신나게 피어난다. 건강한 허브는 향기도 좋다. 물을 잘 주고, 손이 많이 간 푸성귀는 색깔도 예쁘고 맛도 좋다.

여름날 뜨거운 햇살을 맞으며 텃밭에서 시간을 보내는 일은 한 소쿠리의 채소만 얻는 것은 아니다. 맛이야 좀 덜하겠지만 채소는 시장에서 얼마든지 살 수 있다. 그렇지만 나는 푸성귀를 가꾸며 삶을 배운다. 삶의 소중한 것들을 헤아려 본다. 향기가 단아한 허브를 키우며 인생의 해답을 생각한다. 헝클어진 생각을 정리하고, 행복했던 지난날을 회상한다. 라벤더 향기가 바람에 흩날리는 날에 나는 텃밭을 가꾸며 나만의 작은 행복을 느낀다.

겨울 아침

우리 집 정원은 그렇게 넓지는 않지만 숲과 연결되어 새들이 많다. 아침에 일찍 일어나는 나는 새벽부터 숲에서 지저귀는 새소리를 즐겨 듣는다. 차가운 공기가 코끝을 찡하게 하는 겨울 새벽에 숲에서 들려오는 새소리, 그 청아한 소리는 참 정신하고 아름답다. 가끔 정원의 벤치에 앉아 물끄러미 새들을 본다. 새들의 노래를 듣는다. 새들이 즐거워하는 모습을 신기하게 구경한다. 새들은 공연하고 난 겨울 아침에 앉아서 새들의 노래를 듣는 관객이 된다.

우리 집은 밴쿠버에서 조금 떨어진 웨스트밴쿠버의 산등성에 위치해 있다. 침엽수림과 활엽수림이 혼재하여 울창하게 우거져 있다. 그래서 새들이 많다. 특히 겨울철에 새들은 셀 수 없이 많이 모인다. 멋쟁이 블루제이를 보는 아침은 기분이 좋다. 간혹 머리 하얀 민머리 독수리가 나뭇가지에 앉아 있으면 그 위엄스런 모습이 웃음을 머금게 한다. 하지만 내가 가장 좋아하는 새들은 숲속의 작은 새들이다. 솔새나 박새, 개똥지빠귀, 딱따구리, 참새 등 작은 새일수록 재밌다. 작은 새일수록 노래가 아름답고 몸놀림이 경쾌하다. 가끔씩 새 모이를 주면 나뭇가지에서 정원으로 내려와 모이를 맛있게 먹는다. 어떤 때는 내 손에 놓인 모이를 겁도 없이 와서 쪼아먹기도 한다. 사람이나 새나 상대를 알아보는 본능 같은 것이 있는 것 같다. 내가 모이를 자주 주고, 새를 좋아한다는 것을 새들이 알기라도 하는 것처럼.

겨울 새벽에 새들을 바라보면서 그 날렵하고 예쁜 모양 뿐만 아니라, 어느 사이인지 새들로부터 뭔가를 배우게 된다. 가끔 개들이 새들을 쫓기도 하지만 새들이 개를 시비하지 않는다. 공중에 독수리, 매 등 맹금류가 날면 숲속으로 몸을 숨긴다. 새들은 자연보호를 주장하거나 동물 애호를 성토하지 않는다. 사람이 돌을 던지면 다른 곳으로 갈 뿐이지, 사람들에게 왜 동물을 학대하느냐고 쫓아다니지 않는다. 비가 오면 비를 맞고, 바람이 불면 바람에 깃털을 날리면서도 날씨를 탓하지 않는다. 눈이라도 내리면 그 은백의 눈 위에서 열심히 눈 목욕을 하면서 겨울의 아침을 즐거워한다.

인생의 교훈이 담긴 시를 많이 쓴 조병화 시인의 글에 "개미는 왜 사는지 따지지 않는다"라고 했다. "개미는 불평을 하지 않는다"라고도 했다. 개미를 평생 연구한 프랑스의 파브르는 아니더라도 조병화 시인은 개미를 오랫동안 관찰하신 것 같다. 개미에게 얘기했던 그 얘기를 새에게 적용해도 전혀 어색하지 않다. 새도 불평을 하지 않는다. 부지런히 살 뿐이다. 고달프다던가, 팔다리가 아프다던가 말을 하지 않는다. 새는 인간이 앓는 체면을 앓지 않는다. 출세를 앓지 않는다. 그러므로 고민이나 불안, 우울 같은 것을 앓지 않는다. 새는 인간이 거는 시비를 걸지 않는다.

새는 인간의 언어를 갖고 있지 않지만 새를 통해 배울 교훈이 참 많은 것 같다. 성경에 예수님은 "공중의 새를 보라"라고 말씀하셨다. 창공에서 노래하는 새 뿐만 아니라 나무 숲에 있는 새, 나뭇가지에 앉은 새, 전봇대 위에 앉은 새까지 보라는 말씀이다. 새를 통해 인생의 교훈과 자연의 이법을 배우라는 말씀일 것이다. 중세 시대 청빈한 수도승으로 유명했던 성 프랜시스 아시시는 새들에게 설교를 하셨다는 기록이 나온다. 어쩌면 이제 설교가 필요한 것은 정작 새들이 아니고 인간인지 모른다. 사람이야말로 새의 설교가 절실할지도 모른다. 숲속의 새들도 오손도손 사이좋게 자기 삶을 사는데, 인간은 그렇지 못하다. 남의 눈치를 봐야 하고, 남의 삶은 간섭해야 하고, 시기와 질투로 싸움을 해야 한다. 자신의 주장이나 의견을 남에게 주입하려고만 한다. 다른 사람도 인정하고 포용하는 다양성의 원리는 점점 사라지는 것 같다.

요즘 사람들이 손에 스마트폰을 갖게 되면서 숲속의 새나, 나뭇가지에서 노래하는 새를 잘 보지 않는다. 하늘을 나는 철새의 날갯짓이나 강에서 헤엄치는 새들을 알지 못하는 것 같다. 사람들이 손바닥 만한 스마트폰 화면에 시선을 고정하여 고개를 숙이고 있는 한, 아름다운 새는 보이지 않을 것이다.

올겨울 이른 아침, 눈이 하얗게 내린 정원에 서서 새들의 노래를 많이 듣고 싶다. 새들의 행복과 즐거움을 배워 보고 싶다. 세상을 시비하지 않는 따뜻한 가슴과 삶의 하루를 마음껏 즐기는 새의 행복을 조금이라도 헤아려 보고 싶다.

웨스트 밴쿠버 바닷가에서

해 질 무렵 바닷가에서

해 질 무렵 바닷가에는

바람이 불고 있었다.

바람이 기지개를 편다.

천년 묵은 파도 소리

바닷바람이 몰아 온다.

여름밤의 해변에서 부서지는 파도 소리를 듣는다.

사춘기의 부딪치는 가벼운 소리가 아니다.

그것은 어쩌면 뜨거운 신음 같은 것이다.

황혼의 물 위에 피어났다.

잘라지는 물결에

대리석 무늬가 쪼개진다.

한 가닥 해초

바다 위에 가벼이 떠 있었다.

지는 저녁노을이

온통 푸른 바다 위에 빠진다.

아무도 없는 해변가,

쏟아지는 달빛과 나란히 걷는다.

수국꽃이 피는 여름 정원

여름이 지나는 밴쿠버 곳곳에 꽃들이 가득하다. 거리에서 향기를 토하는 라벤더 꽃과 어디서나 잘 자라는 나리꽃이 무척이나 아름답다. 코로나 바이러스 시대에도 꽃들은 여전히 아름답다. 작은 꽃 한 송이 숲에서 노래하는 새 한 마리는 사람이 앓는 바이러스와 상관없다. 만물의 영장이라는 인간이 다 으뜸은 아닌 것 같다.

모든 정원마다 수국꽃이 흐드러지게 피어 있다. 언제부터인지 몰라도 수국은 밴쿠버를 대표하는 여름꽃이다. 꽃의 색깔도 다양하다. 어떤 시인은 푸른 나비가 꽃으로 떼 지어 피어났다고 표현했다. 장미가 요염하다면 수국은 마치 부잣집 맏며느리 같이 풍성하고 우아하다. 탐스럽고 여유롭다. 수국이 있어 여름 정원은 다채롭다.

수국은 여러 개의 이름을 갖고 있다. 중국의 시인 백거이는 자양화(紫陽花)라고 불렀다. 즉 태양 꽃이다. 그리고 중국 민간에서는 수구화(繡球花)라고 부른다. 비단으로 수놓은 둥근 꽃이다. 색이 잘 변한다고 팔선화(八仙花)라는 별명도 있다. 제주도에서는 도깨비꽃이라고도 부른다. 색이 바뀌기 때문이다.

수국의 학명은 '하이드랜지어(hydrangea)'이다. 그리스어로 물을 담는 그릇이다. 수국의 원산지는 유럽이나 다른 나라가 아니고 한국과 일본, 중국이다. 산과 들에서 자생하는 산수국을 유럽과 일본에서 품종 개량을 한 것이 오늘날 흔히 볼 수 있는 관상용 수국이다.

원래 한국 토종의 산수국은 꽃이 단순하고 청초하다. 색이 단색으로 선명하다. 그러나 유럽, 일본 등지에서 개량된 종은 꽃이 화사하고 우아하다. 이런 과도한 육종 과정을 통하여 수국은 자체의 생식 능력을 잃었다. 한국의 산수국은 씨로써 번식하지만 관상용 수국은 삽목을 통하여 번식한다.

우리가 수국이라고 부르는 풍성한 꽃은 사실 꽃이 아니라 가짜 꽃이다. 꽃받침이다. 산수국의 진짜 꽃은 영 볼품이 없기 때문에 벌과 나비를 유혹하지 못한다. 그래서 풍성한 헛꽃을 피워서 벌들을 모은 다음에 암술과 수술이 수정하게 된다.

수국의 색깔이 바뀌는 것은 토양의 산성도와 연관이 있다. 산성이 강하면(pH 5 이하) 파란색으로 바뀌고, 알칼리성(pH 7 이상)이면 빨간색이 된다. 그래서 퇴비나 비료를 조정하여 수국의 꽃 색깔을 인위적으로 만들 수 있다. 사람이나 꽃이나 살아가는 토양에 따라 바뀌는 것은 자연의 이법이다.

우리에게 잘 알려진 시인 이해인 수녀는 기도가 잘 안 되는 여름 오후, 수국이 가득한 꽃밭에서 더위를 식힌다고 적었다. 꽃잎마다 하늘이 보이고 구름이 흐르고 잎새마다 물 흐르는 소리가 들린다고 노래했다.

수국꽃이 나비 떼처럼 흐드러지게 피어나는 정원에서 수국의 풍성함을 배우고 싶다. 넉넉한 마음으로 사람을 대하고 그런 안목으로 세상을 조망하고 싶다. 주어진 토양에 맞춰서 꽃을 피우고 인생의 여름날을 행복하게 건너가고 싶다.

장독대를 바라보며

이사도 한 번 가지 않고 한 집에서 35년을 줄곧 살았다. 집이 낡아 군데군데 손볼 데가 많아졌다. 가늘던 측백나무가 어느덧 아름드리나무가 되었다. 웨스트 밴쿠버에 있는 우리 동네는 소위 말하는 부촌이다. 옛날에는 아시아인들이 브리티시 프로퍼티에 살려면 시에서 허가를 받아야 했다고 한다. 지금은 동양인들이 저택을 지니고 산다. 격세지감이다.

나는 고향의 운치를 느끼고 싶어 자그마한 장독대를 마련했다. 옛날 이민 1세대는 이민 이삿짐에 장독 하나쯤은 챙겨 넣었다. 나는 어린 시절 장독이나 오지그릇 깨진 것으로 친구들과 소꿉놀이를 했다. 요즘 아이들은 풍족하게 성장하기 때문에 옛날에 우리 자랄 때와는 다르다. 옛 속담에 뚝배기보다는 장맛이라는 말이 있다. 겉으로는 조금 부족한 듯해도 사람의 심성이 착하고 성실한 사람이 있다. 겉모습은 모양새를 갖추고 말은 기름 친 듯이 잘하지만 표리부동한 사람이 있다. 장독대를 보면서 옹기 하나하나가 인간을 대하듯 다가온다.

어느 친구는 한국에 가서 옛 애인을 만났는데 보험사원으로 둔갑해 있었다. 반가워서 만났는데 대뜸 하는 소리가 사람들에게 말해서 보험을 팔아 달라고 했다. 예전에 알았던 모습은 찾아보기 어려웠다. 남자는 현실적이고 여성은 감성적인가 보다. 물론 사람마다 다 같지는 않지만.

아무리 많이 가진 사람도 언젠가는 빈손으로 떠난다. 사람의 욕심은 한이 없어 가진 사람이 더 가지려고 노력한다. 내가 좀 힘들더라도 남에게 베풀면서 살고 싶다. 욕심에 집착하면 삶이 구차해진다.

집 마당 한켠

동심초(同心草)

　남자는 가을을 앓고 여자는 봄을 앓는다. 남자는 나뭇잎이 떨어지는 거리를 우수에 젖어 걷고, 여자는 꽃들이 피어나는 봄 길을 걸으며 마음이 설렌다. 아무리 나이가 들고 세월이 흘러도 이런 감성은 변하지 않는다.

　보통 때 같으면 사는 데 정신이 없어서 노래를 부를 여유를 갖지 못한다. 그러나 봄이 되면 잊었던 친구들이 생각난다. 예전에 불렀던 노래들이 생각난다.

　"연분홍 치마가 봄바람에 휘날리더라."

　1927년 가수 백설희가 불러서 전해지는 '봄날은 간다'는 대표적인 봄의 노래이다. 한국적 정서와 풍경을 그대로 담고 있어 특별히 해외 동포들에게 인기가 많다. 이 노래와 더불어 '동심초'도 아름다운 가곡이다.

"꽃잎은 하염없이 바람에 지고

만날 날은 아득타 기약이 없네."

김성태 선생이 작곡한 '동심초'는 김안서 시인이 설도(薛濤)의 '춘
망사(春望詞)'를 번역한 것이다. 설도는 당나라 때 백거이 같은 시인
들과 교류한 저명한 여성 시인이었다. 그녀는 '원진'이라는 연하의
시인을 사랑했으나 그는 이미 기혼자였다. 그래서 그녀는 평생 독
신으로 살았다. 500수의 시를 지었으며, 90수가 현재 전해지고 있
다. 지금도 중국 쓰촨성 성도에 그녀를 기념하는 동상도 있다. 해
마다 문인들의 축제도 있어 그녀를 기리고 있다. 성도의 망강루 공
원에는 그녀의 기념관이 있어 관광객들이 많이 찾는다.

동심초는 어떤 풀일까? 어떻게 생긴 꽃일까? 사실 동심초는 식물
이 아니다. 세상에는 없는 꽃이다. 동심초는 중국어에서 숙어적 의
미로 러브레터, 연서를 의미한다. 사랑의 편지를 의미하는 시적 표
현이다. 풀 초(草)가 들어간 것은 종이는 풀로 만들기 때문이다. 편
지를 매듭으로 접어서 보냈기 때문이다.

1959년과 1967년에 배우들만 바꿔서 '동심초'라는 영화가 개봉되
어 많은 사람들의 심금을 울렸다. 처음 영화는 신상옥 감독의 김진
규, 최은희, 엄앵란이 출연했다. 후에 나온 영화는 당대 한국 최고
의 배우들, 즉 김지미, 신성일, 남정임 등이 출연했다. 현재 우리들

이 알고 있는 '동심초'는 이 영화의 주제가이며, 가수 권혜경이 불렀다. 그후 한국의 여러 성악가, 가수들이 노래했다. 현재 유튜브에서 100명이 넘는 사람들의 다양한 '동심초'를 감상할 수 있다.

"바람에 꽃이 지니 세월 덧없어
만날 길은 뜬 구름 기약이 없네."

사람들은 왜 이 노래에 열광할까? 왜 봄이 오면 이 노래가 우리 마음을 파고들까? 우리가 노래를 부르는 이유를 꼭 알아야 하는 것은 아니다. 무슨 사연이 있어 노래를 부르는 것은 더욱 아니다. 문득 그리움이 밀려오면 나도 모르게 눈물이 핑 돌듯이 그렇게 노래하는 것이다. 삶의 그리움 같은 것, 인연의 슬픔 같은 것, 그리고 잃어버린 것에 대한 애상 같은 것, 그래서 우리는 이 노래를 아끼고 잊지 않는다

세상에서 가장
살기 좋은 곳

세상에서 가장 살기 좋은 곳은 어디일까? 질문은 비록 짧아도 대답은 막상 쉽지 않을 것 같다. 해마다 신문에는 세상에서 가장 살기 좋은 곳에 대한 순위가 발표되기도 한다. 대체로 스위스의 몇 곳과 캐나다의 밴쿠버, 그리고 호주의 한두 곳 등이 늘 상위 순위를 차지하곤 한다. 올해도 영국의 시사 주간지 「이코노미스트」는 호주의 멜번을 1위, 오스트리아의 비엔나를 2위, 그리고 밴쿠버를 3위로 선정했다.

이런 세계적인 명성에 편승하여 브리티시 컬럼비아 주정부는 지난 몇 년간 '세상에서 가장 살기 좋은 곳(The Best Place on Earth)'이라는 슬로건을 자동차 번호판에 붙이도록 했으며, 정부의 공식적인 편지나 공문서 위에 꼭 명시하기도 했다. 그런데 어쩐일인지 BC 주정부는 이 문구를 더 이상 사용하지 않는다고 얼마 전

발표했다. 이것은 다른 곳에 더 살기 좋은 곳이 있기 때문이 아니고, BC 주 관광 표어를 새로운 것으로 선정하기 때문이라고 설명했다.

나는 여러 해 스웨덴에서 살았다. 대부분의 북구라파가 그렇지만, 지상의 천국은 그곳이라고 난 늘 생각하곤 했다. 스웨덴 뿐만 아니고 노르웨이나 핀란드, 덴마크 등을 돌아보면 아름다운 풍경과 찬란한 문화를 지니고 있었던 것 같다. 그렇기 때문에 캐나다의 BC 주가 최고 좋다고 자랑을 하게 되면 그곳 사람들은 매우 '건방진(presumptuous)' 소리로 듣게 될 것 같다.

주정부는 세상에서 '가장 살기 좋은 곳'이라는 슬로건은 관광객을 유치하기 위한 홍보용이 아니고, BC 주 주민들에게 자긍심을 주기 위한 국내용이라고 했다. 그러나 이런 본의와 다르게 외국인들에게 별로 좋은 감정을 주지 않기 때문에 더 이상 그 슬로건은 사용하지 않기로 결정한 것 같다.

사람들은 미우나 고우나 자기 부모가 가장 좋고, 자신이 태어난 고향이 세상에서 최고라고 주장한다. 이런 주장은 주관적 가치관에 기준을 두고 있기 때문에 객관적으로 인정을 받지는 못한다. 그렇다면 세상에는 어디가 가장 살기 좋은 곳일까? 어떤 사람은 프랑스의 프로방스 지역이라고 말하고, 또 다른 사람들은 이태리의 토스카니를 꼽는다. 바다를 좋아하는 사람은 화가 고갱이 생애의 말년을 보냈던 타히티가 좋다고 하고, 하와이, 바하마 등도 빠질 수 없는 세계의 멋진 곳이다.

인생은 계절처럼

　인생은 사계절의 바람과 같다. 봄날의 꽃봉오리처럼 생명이 처음 피어난다. 여름의 뜨거운 햇살 아래 무성해지며, 가을이 오면 그 열매를 맺고 서서히 잎이 떨어진다. 그리고 겨울이 되어 모든 것이 잠자리에 들 듯, 인생도 그렇게 순환한다. 젊은 날엔 이 흐름을 알지 못했다. 언제나 꺼지지 않는 청춘의 힘을 믿었고, 시간이란 멈출 수 있는 존재인 듯 착각했다. 그러나 어느 순간, 거울 속 흰머리가 하나둘씩 보이고, 예전 같지 않은 촉촉한 눈빛에 세상이 흐려지는 것을 느낀다. 길가에 앉아 쉬고 싶을 때가 많아지고, 버스 안에서 '시니어'를 불러 좌석을 양보 받으며 조용히 마음 한구석이 먹먹해짐을 경험한다. 이처럼 나이는 언제나 소리 없이 스며들어 우리를 늙게 하며, 그 사실을 고스란히 받아들이게 한다.

　트로트 중엔 '나이를 먹는다는 게'라는 노래가 있다. 또 다른 곡인 '나이가 든다는 게 화가 나'에서는 한숨 섞인 탄식을 듣는다. 그 노랫말들은 가볍지만 진실을 품고 있다. "나이를 먹는다는 것, 나쁜 것만은 아니야"라는 말은 허투루 들리지 않는다. 나이가 든다는 것은 선택의 문제가 아닌, 우리 모두가 맞닥뜨리는 숙명과 같다. 그 누구도 노화를 멈추게 할 수 없고, 시간이 주는 이 자연스러운 이별을 피할 수 없다. 물론 꾸준한 운동이나 음식 조절로 그 속도를 늦출 수는 있겠으나, 의학자들이 밝혔듯 인간의 DNA는 늙음의 긴 여정을 결정짓는 핵심 열쇠다.

탐험가인 사위가 남극에서 나의 딸에게 프로포즈하다.

나이가 들면 사람이 '철이 든다'고 한다. 세상 모두가 그렇게 되는 것은 아니다. 인내심 없이 감정에 치중해 행동한다면 아직 멀었을지 모른다. 젊은 시절엔 고민은 깊지 않고, 말은 가볍고, 충동에 마음이 쉽게 흔들리던 그 사람도, 세월의 무게를 지고 조금씩 다르게 변해 간다. 철 없는 사람은 가족 간에 갈등을 일으키고, 사회에서는 불협화음을 만드는 경우가 많다. 하지만 나이를 먹으며 어느새 성찰을 배우고, 감정 너머 이성에 눈을 뜬다. 시행착오를 줄이고, 좀 더 신중해진다. 늦은 나이에도 그렇게 긍정적으로 변화를 겪는다면 행운이다.

노랫말에는 "아름다운 것도 즐거운 것도 모두 욕심일 뿐"이라는 무게 있는 한 줄이 있다. 그 말 속에는 쓸쓸한 진실이 담겼다. 청춘의 눈부심은 옅어지고, 아름다운 것은 빛을 잃으며, 즐거운 일도 점점 줄어든다. 그러나 그 자리를 차지하는 것은 또 다른 '깊음'이다. 누군가가 말했듯이 "꽃은 지지만 그 향기는 오래 남는다." 나이 듦은 화려함의 감소가 아니라 은은한 향기의 증폭이다. 몸은 쇠약해지나 마음은 여전히 뜨거운 열정 속에서 진정한 나를 만난다.

옛 히브리 시편에는 "우리의 연수가 70이요, 강건하면 80이라도 수고와 슬픔뿐"이라 했다. 오늘날 과학이 발달한 시대에도 인간의 수명은 크게 달라지지 않은 듯하다. 그렇다고 노년이 수고와 슬픔으로만 적셔진 것은 아니다. 우울과 불안은 나이와 상관없는 마음의 상태다. 다만, 노년의 우울증은 자주 보이지 않는 적이다. 철저한 돌봄과 관심이 필요하다. 우울증을 앓던 어떤 노인이 작은 정원에 꽃을 심고, 식물을 가꾸며 조금씩 웃음을 되찾았다고 한다.

나이를 먹는다는 것은 자연의 법칙에 순응하는 일이다. 선택할 수 없는 흐름이다. 그러나 그 끝에 삶이 다하는 순간까지, 주어진 시간 속에서 보람과 기쁨을 느끼며 살아가는 것, 그것이야말로 인간이 누릴 수 있는 가장 큰 특권이다. 우울과 불안은 대개 마음속 움츠림에서 시작된다. 겨울을 옷 따뜻하게 입듯, 정신의 건강과 정서를 보호하는 노력이 필요하다. 나는 늘 가까운 이들과 웃고, 좋은 책을 읽고, 새로운 무언가에 호기심을 두며, 관계를 가꾸는 일이 중요하다고 믿는다. 그리하여 우리 모두는 '인생이라는 겨울' 속에서도 따스한 햇살을 품을 수 있다.

나이가 든다는 것은 결국 인생의 깊은 바다를 한 걸음 더 헤엄치는 일이다. 그 안에서 우리는 한층 더 성숙한 어른으로, 더 넓은 세상을 느끼는 존재로 거듭난다. 삶의 그 긴 여정 끝에서, 비로소 우리는 우리 자신과 가장 깊은 대화를 나누게 된다. 그리고 살아있음의 진정한 기쁨을 알게 되는 것이다.

겨울 숲의 새를 보며

참깨 볶는 냄새를 맡았는지 바깥에서 새떼들이 물음표 부호처럼 고개를 쑥 빼고 재잘거린다. 마치 바이올린 현이 울리는 것 같이 지저귀는 새들의 맑은 소리는 무척이나 싱그럽다. 앙증스레 생긴 새들의 청아한 노래를 들으며 시작하는 겨울 아침은 언제나 기분이 상쾌하다.

내가 사는 웨스트밴쿠버는 밴쿠버 지역에서 가장 지대가 높은 곳이긴 하지만, 숲으로 둘러 쌓여 새들이 많이 서식하고 있다. 특히 앙상한 가지들이 차가운 바람에 흔들리는 겨울이 오면 유난히 새들의 활동이 눈에 띈다. 눈이라도 내려서 침엽수림에 운치를 더하면, 마치 강아지나 아이들이 눈 위에서 뒹굴며 즐거워하듯이 새들도 제철을 만난 양 이 가지에서 저 가지로 옮겨 가며 즐거운 술래잡기를 하는 것 같다.

새를 연구하는 사람들의 얘기를 들어보면 새도 우리와 같은 감정을 가졌다고 한다. 새도 희로애락의 감정이 있고, 모성애가 있으며, 그들 나름대로의 사랑법이 있다. 새가 운다고 표현하는 지저귐은 사실은 새의 노래며, 언어이다. 주로 새의 노래는 수컷 새가 암컷 새를 유혹하는 사랑의 노래이다. 그리고 다른 수컷 새가 자신의 영역으로 다가오면 위협을 하고 경계를 하기 위해서 목소리를 높인다.

미국 남부에서 한 소년이 지빠귀(mockingbird)의 노래를 너무 좋아해서 운 좋게 그 새를 한 마리 잡았다. 그는 매일 곁에서 새의 노래를 듣겠다고 새장에 넣어 두었다. 다음날 소년이 보니 새장 밖에 어미 새가 와서 새장에 갇힌 새끼에게 먹이 주는 모습을 보았다. 어미 새가 먹이까지 해결해 주니 너무 잘 된 일이라고 소년은 기뻐했다. 소년이 다음날 아침에 새장에 가보니 새는 죽어 있었다. 매우 상심한 소년은 어느 날 아버지의 친구인 저명한 조류학자에게 왜 새가 죽었냐고 물어봤다. 어미 새는 새끼 새가 갇힌 애처로운 사정을 알고는 새장에서 갇혀 살기보다는 죽는 게 차라리 더 좋다고 독이 있는 열매를 줘서 죽게 했다는 것이었다.

오래 전에 들은 얘기지만, 새를 보면서 가끔 이 얘기를 떠올린다. 새가 갖는 지극한 모성을 본능이라고 치부하기에는 그 사랑법이 너무도 정교하고, 처절하다. 중세의 어느 수도사는 새들에게 설교를 했지만, 정작 설교를 들어야 할 것은 새가 아니라 인간인지 모른다.

나는 겨울 숲에 내리는 싸락눈 소리도 좋아하지만, 이른 새벽 숲에서 지저귀는 새의 노래를 특히 더 좋아한다. 이번 겨울엔 새의 노래뿐만 아니라 새가 보여주는 삶의 지혜도 더 헤아려 보고 싶다.

출간을 축하하며

기억은 누구에게나 있다. 그러나 모든 기억이 풍경이 되지는 않는다.

최금란 수필가는 흘러가는 시간을 붙잡아 사색으로 다듬고, 그 사색을 문장으로 빚어 마침내 하나의 풍경으로 우리 앞에 펼쳐 보인다. 꽃과 돌, 바다와 장독대, 밴쿠버의 안개와 가을 햇살까지 저자의 시선이 머무는 곳마다 삶은 조용히 숨을 쉰다. 특히 이민의 삶 속에서 길어 올린 자연과 계절의 기록은 우리에게 '어디에서 사느냐'보다 '어떻게 바라보느냐'가 더 중요하다는 사실을 일깨운다.

타국의 하늘 아래에서 살아간다는 것은 단순한 이주가 아니라, 기억과 계절을 새롭게 배우는 일일 것이다. 이 책은 바로 그 배움의 기록이다. 특히 계절을 따라 흐르는 글들은 우리 모두의 삶을 닮았다. 봄이 오고, 여름이 지나고, 가을이 깊어 가고, 겨울이 찾아오듯 우리의 인생도 그렇게 흘러간다.

최금란 수필가는 캐나다 한인 사회에서 밴쿠버 한인회장, 밴쿠버 노인회장 등 큰 획을 긋는 일들을 해왔다. 사람들은 여장부 최금란 회장이라고 부른다. 하지만 오랜 세월 우리는 브런치를 즐기며 수다를 떠는 사이가 되었고, 나는 그녀가 소녀 감성의 섬세한 분이라는 것을 안다. 항상 만나면 사람들에게 이 수필집의 제목처럼 "어머나! 너무 멋지세요."라는 말을 나눈다. 그녀는 만나는 사람들에게 칭찬과 작은 관심을 표현한다. 그래서 우리는 그런 그녀를 만나면 고단한 삶 속에서 위로를 받고 힘을 얻는지도 모른다.

이 소중한 책의 출간을 마음 깊이 축하드리며, 많은 분들이 그녀의 감성과 사랑을 함께 하길 바란다.

이지은 기자
「밴쿠버교육신문&캐나다 익스프레스」